娄展垠 著

陕西新华出版

太白文艺出版社·西安

图书在版编目（CIP）数据

一岁的早安 / 娄展垠著. -- 西安 ：太白文艺出版社， 2024.1
ISBN 978-7-5513-2515-8

Ⅰ．①一… Ⅱ．①娄… Ⅲ．①诗集－中国－当代 Ⅳ．① I227

中国国家版本馆 CIP 数据核字 (2023) 第 224021 号

一岁的早安
YISUI DE ZAO'AN

作　　者　娄展垠
责任编辑　赵甲思
封面设计　王　正
版式设计　宁　萌
出版发行　太白文艺出版社
经　　销　新华书店
印　　刷　四川科德彩色数码科技有限公司
开　　本　880mm×1230mm 1/32
字　　数　110 千字
印　　张　5.75
版　　次　2024 年 1 月第 1 版
印　　次　2024 年 1 月第 1 次印刷
书　　号　ISBN 978-7-5513-2515-8
定　　价　76.00 元

不拘一格说娄君

柯 平

受老友之托，为一个素不相识的同行的诗集写序，这在我好像是第一次。拖了好些时间，当然也是因为不熟，知人论世、有的放矢那一套不管用了，不知该说些什么。但他的家乡慈溪，无论在本省诗坛，还是在个人的情感世界，都有相当的分量，或许这也是难以推却的原因。老一辈的就不说了，至少新时期以来，那里出了不少有名的诗人，十个指头还数不过来。以诗交友，你来我往，因此自以为对当地的情况很了解，却没想到在鸣鹤山下，杜白二湖边，还"潜伏"着一位叫娄展垠的诗人，而且相当有才情，这从他的作品中很容易看出来。"一种水在奇峰上爱云雾／另一种水在异石下爱青稞。"（《遇见卡定天佛瀑布》）他在西藏旅行途中看到了常人看不到的东西，而当他回过头来，又是另一番截然不同的情景："我望见山腰的稻谷／是一个女子在户外锻炼着的爱情。"（《稻草垛》）

1

这让我想起他的同乡前辈袁可嘉早年的作品，飘忽的诗思，诡奇的想象，字句或尚有未稳（即谢默斯·希尼所谓"技巧，如我所定义的，不仅关系到诗人处理文字的方式，他对音步、节奏和语言结构的安排，而且关系到他对生活态度的定义"），但精神上和气质上都有不少相似之处。

这里或许已涉及作为一个诗人的基础问题。我的理解是，拥有奇特的思绪，同时有一架能将这种思绪准确（至少基本准确）记录下来的语言机器，永远是最重要的。至于其他的那些要求，如格局的大小、思想的浅深、结构能力、创新意识，虽然也很重要，但跟想象力一比，不过是毛附于皮。因古人对"诗"这个字的原始解释，就是一个"誌"字，《说文》称："诗：志也。从言，寺声。古文诗省。""誌"是"之"的古文，同为汉人的刘熙在《释名》里说得很明白："诗，之也，志之所之也。"后人或许觉得这个"誌"字有点土气，上不了台面，怎么能代表作为文学源头的伟大的诗呢，因此将它改为"志"，再推出孔子来做代言人，即所谓"诗言志"，从此一锤定音，思想性成为历代衡量诗作水平高低的标准，而它真正的命根子却遭到冷落甚至遗忘。

而"之"是什么意思？就是古代的之江，现称浙江，因这条江非常曲折，只要看看它的字形就清楚了。沿途布满堰闸，千回百转，时宽时窄，形态万千，但始终不屈不挠地汹涌奔腾，东流入海。对此我个人的理解是，通过奇特的想象和新鲜的语言曲折地表达内心的所思所想，这才是诗人的工作本质。仅就这一点而言，娄展垠应该是及格的。虽然他家住浙江入海口，看不到江流曲折行进的情景，却能于无意中践行诗的本义，这也是很难得的。我不清楚他不拘一格、不同流俗的想象力有多少源于天赋、多少得自后天锤炼，但他不羁的思绪、别致的语言，至少能确保他作为一个诗人，创作出来的作品基本是合格的，接下来只是如何做得更好的问题。

那么，怎样才能把诗写得更好呢？对此英国诗人菲利普·拉金有一个说法可供参考。他提出的技术标准有三条：其一是必须对某个情感意念着迷，有强烈的创作冲动；其二得有一个构造完美的文字装置；其三诗中传递的应该是人类的共有经验和情感。以此来衡量作者，第一条应该已经做到了。这本诗集里的作品题材相当个人化，皆是率性而作，有感而吟，其中又有很多写西藏和内蒙古的，倾诉作者对异地风光的迷恋，可知他写诗系情感所积，在心为志，发声为言。第二条所谓装置是关键。想象力、语言功力、结构能力、思想性等都包含在里面了，就看你创作出来的文本质量如何。他前两项都做得不错，后面的或尚有欠缺，具体而言，就是结构不够严密，让人回味的地方不多。用我喜欢的张大复的话来说，就是"作文如同打鼓，边鼓虽极多，中心却也少不得几下"。亦如英国小说家西蒙所言，大意谓写作的过程，就是以一根丝线串起珠宝的过程，而珠宝就是平时积累的情感、经验、细节、意象、记载片段等。

他的作品，中心传来的鼓声不多，结构感觉更像是堆而不是串。看来需要花力气把那个装置打磨得更精美更耐用才行。第三条其实就是艾略特讲的非个人化问题。当一个诗人在写作时，既要表达个人的真实感受，又要像是在代表他人发言。讲得简单点，就是不能让读者有阅读障碍。作品写的虽是自己的感受，但别人看了觉得你把他心里所想而无力表达的东西写出来了，这才是真正的了不起。这一条，好像是针对大诗人说的，作者现在就能意识到自然好，一时忙不过来，以后再考虑，应该关系也不大。

　　或许还需要引用一些例子来说明我的观点。在这本诗集的后半部分，有一些诗的水准明显要低一些，尤其是有关爱情的那些，表述上比较落套，语言质地也有别于原先的生动与畅快。而最后一首《赞美日记》又写得非常精彩，形式新颖，诗绪也饱满结实，不仅恢复了以前的状态，诗思也渐趋深邃。其中是否有些特殊的原因，诸如出于应酬或为赋新词强说愁，或受持续三年让人情绪低落的疫情的影响，由于不熟，也只能猜测了。反过来，这恰恰又证明了拉金理论的有效性，即如果情绪不饱满，不是非要一吐为快时，最好不要轻易动笔。同时他又强调，以上三条的关系是互相依存、缺一不可的。也就是说，如果你能做到其中一条，就可算是诗人；如果能做到两条，就是合格诗人；如果三条都能做到，就是优秀诗人。在慈溪的新诗史上，有个特殊现象，或许跟当地浓厚的人文底蕴有关。就是本来写得并不太出色，突然就变好了，大约才华和能量都在那里，只是机缘未到，茧壳未破而已。如2015年左右的张巧慧（还有差不多同时的寒寒），2018年左右的飞白，2021年左右的鱼跃，这也是我读了这本诗集以后，所期望于娄君的。

柯平：1956年生，浙江省湖州市人。诗人、国家一级作家。现为湖州师范学院文学院教师。从事文学创作与研究多年。主要作品有《历史与风景》《文化浙江》《阴阳脸——中国传统知识分子生态考察》《素食者言》《运河个人史》等。曾获《萌芽》创作奖、《人民文学》散文奖、《青年文学》散文奖、首届中国艾青诗歌节诗歌大奖等多个奖项。

岁月流逝　诗心臻纯

赵淑萍

娄展垠老师把作序的任务交给我，我有些不安。他是我母校的老师，当年因为文理科分班，我没有机会听他授课。娄老师为人谦逊随和，他的诗歌别具一格，多次受到名家好评，也得到同人认可。他之所以让我作序，是出于对一个热爱文学的学生的信任和鼓励。

这部诗稿，我读了数遍，越读越有味。他的诗，不是激情澎湃、让人瞬间心动的那一种，而是在内敛的文字中，充满着浪漫的想象、新奇的譬喻和温婉的情思。隐喻、留白、通感等手法的运用，使得诗歌朦胧婉曲，深情绵邈，耐得住咀嚼，耐得住品味。

诗集中收录的诗歌，创作于2017年5月到2023年4月期间，一共一百零五首。这是他继《种下爱的甜度》以后的又一本诗集，是他获得"池幼章·杜湖文学奖"后的又一次跃进。我很感动，他是一位老师，一位兢兢业业的好老师（曾获市先进工作者等诸多荣誉），在烦琐的教学工作之余，却没有间断写诗。而且，岁月流逝，仍葆有一颗澄净美好的诗心。他的诗歌中，有对异地风光、故乡风物的深深眷念，有对大千世界的感知，有对一花一草的怜惜，有对人世间美好情愫的探幽。当我一遍遍读这些诗歌时，我是愉悦且享受的。因为，在他的诗歌中，藏地的天光云影和璀璨星空，江南的灵秀山水和静好古村，都奔涌而来，美不胜收。他是一位生物老师，对事物的刻画却如此细腻而精准，文字极有画面感。给我印象较深的是诗中的"颜色"。在《高原蓝》中，开头就引人入胜："我挂着丝巾的蓝，合掌于雪峰稀薄的空气/将祈福的高原蓝跪给玛尼堆。"利用"蓝"，将丝巾、藏羚羊、米拉山口、经幡、碧霄、峰巅、云朵都串了起来。诗人似乎特别偏爱蓝色，青花瓷蓝、鸢尾花蓝、葫芦花蓝、天蓝、水蓝、深蓝、浅蓝……每一种蓝色的意象不同，其内涵也不同。再看其他的色彩吧："亭榭之外，我凝望着最红瘦的一树/被白雪捆绑在后花园/像无主的云絮遇见大地的惊喜。"（《梅花》）"斜阳绣红了青藏高原最不平常的荒凉。"（《过嘉措拉山口》）"旗袍、花朵、绿叶相掩/小红书视频，绰约地走出春天。"（《民宿设计》）平常的事物，简单的颜色，寥寥几笔，意境全出。

诗人的诗歌呈现出浓郁的古典婉约的风格。他善于用象征手法，通过具体的物象将内心的意念委婉地表现出来。

桃花、樱花、桂花、青瓷、红豆、海棠、古桥、风、月、雪等传统意象频繁出现在他的诗歌中。"桃花插满了古筝旁边的青花瓷／余光躲过泄密的山水。"(《边弹边看》)桃花、古筝、青花瓷和光的意象组合是多么唯美、风雅。再看《美人醉》:"弹筝在春江之南,飞絮有定,远听无声／同样衔杯、卧鱼、醉步／有时婉娈徘徊,有时腾越旋转。"长短错落,富有节奏的美感。我边读边思量,有些诗歌,也许并没有多么深刻的意蕴,但就是莫名地喜欢。也许,这正如清脆的鸟鸣,对人来说并没有特别的意义,只是悦耳。让我心生愉悦的就是那空灵缥缈之美,一如《喊雪》《跌落了爱的声音》《一岁的早安》等。

诗歌是浓缩的艺术、语言的精灵,语句的跳跃感是诗歌不同于其他体裁的一个特点。在娄老师的诗里,数行之间就有转折起伏。他在处理宏大和细小、远与近、动和静时,总能找到一个奇妙的交点。对祖国的爱,那是博大的,但是,着落点是一根"芦苇根":"在高滩浅槽品尝着芦苇根甜甜的味道／我对祖国的爱长在水里。"(《对祖国的爱长在水里》)写相思的绵长:"桃花托运在连衣裙上被你带到了七月／大风穿透我的深情。"(《遇见》)桃花、连衣裙,多么美妙的物事,却用了"托运",居然毫无违和感,反觉清新。"绿叶和石碑轻叹悬崖之下的细水长流／这次作别,我听得见桐君山掀动深潭的声音。"(《桐君亭》)绿叶、石碑和水,"轻叹"和"掀动",柔与刚,轻与重,拟人化和形象化的表达意韵无穷。"我背得出你的脸，一眼望穿春天／默写在樱花上的句子。"（《临河吃茶》）烂漫而短暂的樱花，那是繁盛的春天里最深情的记忆吧？"走一块算一块，无论怎么走过／我依然是长方形的空白。"（《古镇石板》）这"长方形的空白"，填充的是陈年茶楼穿梭的客人，是尘世间匆匆的脚印，但是，最后，时间清空一切，仍归于原点。

数位评论者都曾提到娄老师诗歌的鲜明辨识度。这里仅列举两组诗歌。三年疫情，战"疫"诗铺天盖地，心愿、意志都是一致的，但艺术表达却存在高下。娄老师的战"疫"诗卓尔不群，是深刻的省思，是发自内心的呐喊，是对语词的用心构筑，坚实有力。家乡慈溪正在打造"秘色瓷都"，我本人非常喜欢他的三首写越窑青瓷的诗《莲花镂空尊》《瓜棱仙人执壶》和《缠枝牡丹纹盘》。"我跪念由上而下的七层莲花瓣／分分钟想起了你，怎么能够秒秒钟舍弃。""细长的尊颈比肩那稍具纵纹的菩提树茎／原来你持久在我的烟尘里，不为冷却／不为扎根。"青瓷在他的文字中有翠色，有温度，有香味，而且有禅意。当然，他在朦胧婉约的主体风格之外，也有一些清浅明快之作。如《星星》，那种自白是赤子般地坦率透明："我想你了，咀嚼着碎银状的星星／美好的心情接收在哪儿了？"又如《过甘肃梯田》："这是我想抵达的地方／像眼睛热爱着的土地／被捏碎在手里，种子依然会萌芽。"直抒胸臆。

诗人对诗歌也进行着多种尝试和摸索。

　　虽说读书时和娄老师失之交臂，但对文字共同的执着和热爱弥补了这一遗憾。阅读诗集，很为母校感到骄傲，同时，也对娄老师执着的追求表示敬意！

　　赵淑萍：中国作家协会会员、中国文艺评论家协会会员、中国微型小说学会理事、宁波开放大学名师、宁波市海曙区作家协会主席。作品散见于《文艺报》《中国校园文学》《小说界》《安徽文学》等二十多种报刊。有作品入选《小说选刊》《小小说选刊》《微型小说选刊》《新中国六十年文学大系》《新中国七十年微小说精选》等多种选刊、选本及年度权威选本。已出版微型小说集《永远的紫茉莉》《十里红妆》，散文集《自然之声》《坐看云起》，与人合著报告文学集《东风蝴蝶》《百年和丰》《江东人家》等六部。作品曾多次获全国微型小说奖项。

诗歌高原的行吟者

林建聪

当我读着这些诗的时候，娄展垠刚从外地"云游"回来。

说他"云游"，是因为他随性出游。一个人，一个背包，路线随机而定，走到哪里，哪里就是目的地。对于心中怀揣着诗歌梦想的人来说，远方，天涯，就像是一部未知结局的小说，时时吸引着他进入下一个陌生的腹地。潜伏着的诗性，在江海湖泊、山川平原的朝夕轮回里呼之欲出。

走在路上，那些闪光的画面，随手摁下的大地影像，是庸常日子里的营养液。沉淀后，在某个清晨或黄昏，诗化成笔下跳跃的文字，照见自己的灵魂。

作为勤奋的诗歌写作者，同时他又是生物老师、心理咨询师。老师的严谨，心理咨询师的沉稳，诗人的浪漫随性，这三者居然可以毫无违和地相通。也许恰恰是理性和睿智，激发了他潜在的诗心，让他的诗歌散发出别样的小众之美，内敛中透着一种坚定自我的情感抒发。

他的诗，适合咀嚼、回味。初读，再读，皆有不同的人生况味。

《一岁的早安》是娄展垠出版的第三本诗集。从2010年开始，他一直在不徐不疾地用诗歌记录着身边的一切。草木兴衰，山河浩荡，人间温情，都藏在了他对诗歌的深情里。

从《莲花莲叶》到《种下爱的甜度》，再到现在这本《一岁的早安》，一路读来，他的文字风格和节奏在悄悄变化，但每一本诗集都有着独属于他的语言风格。作为诗人，他一直在思考的路上乐此不疲地前行。

这本诗集，作者没有特意给诗歌分类，而是大致按照创作排序，给了读者清晰的时间节点。

雪是自然界的天使，对于久居江南的人来说，雪是寒天里动人的温暖。这晶莹飘忽的素白，更像是一种意象，成了南方人的心头之好。所以从古到今，雪一直是文人墨客最钟情的抒发情感的素材。娄展垠在第一本诗集里写过两首关于雪的诗。一首是《雪》，有一节这样写："万天万地都是同一片雪／万事万物都是同一片雪／我们和诗歌都是同一片雪／我们和爱情都是同一片雪／我们都是同一片雪。"

排比的修辞手法，直观明了的文字结构，把世间所有的美好都用雪来象征，直抒胸臆，简洁美好。

另一首是《雪还在下》："雪还在下／梅花凋谢／雪

落满需要温暖的花蕊 / 当冬天的冷艳一点一点覆灭 / 青春的回忆像雪。"

这一段形象地勾勒了雪落下时的状态和有关雪天的回忆，无须太多的猜想，"雪还在下"就是这首诗清晰的脉络。

作者这本诗集开篇也是写雪，诗风有了明显的转变，诗名《喊雪》：

雪在敲门，声音突然融化，经过雪松
一滴水在敲门，我在渴觉中等你

梅花靠近窗户的气息，和我喊雪的声音
在敲你的第二颗纽扣前的铁门

目光投入脚印将背影点燃
我的眼线消失了，你穿梭着银光闪动

当你抖落袖口的雪
我像山峰紧紧地握住北极的冰凉
击掌之后，如数回归温暖

我毫不经意地在蓝色的沙发上喊你
像喊月光，沾在你臀部的尴尬的雪
坐下冰封已久的洁白

　　轻扬静谧的雪，不是看，不是听，而是喊。喊雪，看题目就把人带入这场关于雪的现场，品咂喊雪的逸趣。

　　第一句用了一个很形象的动词"敲门"，"雪在敲门"，拟人化的情景式铺展，使人想起贾岛的"鸟宿池边树，僧敲月下门"，同样的用词之妙，仿佛能听到诗中传来的叩门声，与下一句"我在渴觉中等你"形成一个互动，借雪喻人，情绪在不动声色中展开。我把"第二颗纽扣前"理解为心脏的位置，喊雪，是传达心灵的感应。风雪夜，屋内人静候屋外人，平静中有焦灼，目光的方向是雪的方向，是归人的方向。然后情随心动，用我山峰般站起的身躯，赶走风雪夜归人携带的寒意，用厚实的双手把温暖传递给对方。从等候到等到，以雪为载体，再就是从心理活动到动作的转换，无不与爱有关。

　　喊雪，看似是与雪的互娱，却是与爱的互动。作者把日常生活场景和微妙的心理活动之间的碰撞处理得很熨帖。和前两首关于雪的诗相比，这首诗给人的想象空间大了很多，以静衬动，动静结合，读来余味无穷。

　　南怀瑾先生说过一句话：看花，要将花的精神收到自己的眼神中来；看山水，要将山水的精神收到自己的眼神中来。娄展艮一路看过风景无数，他并不急于在路上言情抒怀，而是充分专注于享受当下的美意，让记忆的脉络延伸到往后的日子，然后重新唤醒当时的诗情，这使他的精神内敛。一个诗人只有在沉淀之后，他的诗才更饱满、更具象。

人在旅途，作者自然不会错过路上那些静默的风景。抵达一个地方，他专挑那些典型的能代表一个地方文化的点，从中一窥当地的风土人情、文化渊源，再用自己的眼睛来解读这些横亘在大地上无法破译的天书。

他到达过珠峰大本营，仰望过珠穆朗玛峰，写下："大峡谷的阳光顿时将银山变成了金山／迅速折射我入俗的眼光。""独步登上边防线，不能再跨越／珠峰锁定了全人类对高山的仰望。"

他走过唐古拉山，在纳木错的星空下放飞思绪："我像仰卧的纳木错晚睡的尘埃和射线／同时容纳你的满天星斗。"

他在卡定天佛瀑布前写下："我不攀登就明白了：一种水在奇峰上爱云雾／另一种水在异石下爱青稞。"

他在敦煌的鸣沙山独自臆想，写下这首《登鸣沙山》：

左手是旅行袋，右手是遮阳伞
双肩包，云儿上下的梯子
一步登天，我是平衡陡峭的树干

在荒芜的高度静静地坐一会儿
给厮守花期的玫瑰打个电话

我的世界目前是沙漠，无枝可摘

　　所取所舍，简洁为沙子
　　淘金的骆驼增加了滚落的风险
　　爱神的脚步难以企及悬崖

　　挣扎着，这是我对俗世最后的征服
　　沙子热如星火，失去支撑杆
　　幸好没有美女相伴
　　因为最终也会臆想独自涅槃了却

　　登顶的飞尘学会了放弃天空的蓝
　　火烫中下滑，直至我的内心没有了沙漠
　　和背后至尊的山水

　　虽然没有亲临过鸣沙山，但大漠孤烟、驼铃古道的塞外风光，一直让人心驰神往。这首诗表达的意味相对比较封闭、自我，也比较抽象，没有与大众读者建立一个清晰的连接，须细品慢斟。

　　开始一场说走就走的旅行："双肩包，云儿上下的梯子／一步登天，我是平衡陡峭的树干。"似有"野旷天低树"的画面感。身在大漠，由下向上仰望，会给人一种天地相接的错觉。继而话锋一转，要在那离天很近的地方坐一会儿，然后"给厮守花期的玫瑰打个电话／我的世界目前是沙漠，无枝可摘"。这两句如在直线上行走，忽然出现了岔口，思维有点跳跃。但对诗歌的解读本身就是多样性的，你可以把它想成是对感情的忠诚，告诉心中的那个她此刻自己所处的环境，玫瑰在厮守花期，而我厮守的却一直是你，外界对我来说只是表象。也可以理解为他对人生取舍的态度："淘金的骆驼增加了滚落的风险／爱神的脚步难以企及悬崖。"如果想获取财富，就要承担风险。爱情也一样，想获得，也是要附加风险条件的。所以在取舍之间，要如飞尘一样学会放弃，还内心一片纯净。

广袤的沙漠，使人产生生命从何而来的诘问。此刻的思绪是苍茫辽阔的，也是私密的。最后，在"火烫中下滑，直至我的内心没有了沙漠／和背后至尊的山水"。从鸣沙山顶向下滑落，虽有鸣沙如笙笛般奏响，但掏空的心已然摒弃所有杂念，如生命的涅槃，回归生命的本性。这里的暗喻很有深意，有驰骋思绪的现场感，也有直击心灵的情感风潮。这样的诗歌语言，无疑是有辨识度的。

看过山川河流，走过荒漠高原，诗人把尘境化为诗境，大自然的生命底蕴喷薄出动人的光泽。

越窑青瓷，散落在上林湖畔的珍珠，它的千峰翠色，让多少人痴迷沉醉。

写青瓷，作者也是不拘一格的。他为青瓷孤品独具匠心的设计、绝美的纹饰赋予新的内涵，打开了读者对于青瓷的眼界。

"一场火灭你，一场火生你／刻画，模印，贴塑／我揉着净土为了纹补遗留的自性和大爱／决定镂空你外在的精美繁饰。"这是他写的《莲花镂空尊》中的一段，细腻地刻画了青瓷脱胎换骨的场景。

"青釉在沸水浴之外单薄且致密／将手工刻花的极品交纳给皇族／珍藏这国宝的女子该做尊贵的皇后。"这是他写的《瓜棱仙人执壶》中的一段。工匠与瓷器之间的渊源、作品的独一无二、珍藏的价值，被以叙事化的艺术形式延展成了故事，并把握住了诗歌语言的节奏感和个性美。

诗歌本身追求用含蓄隐晦的语言，表达一种深远的意境，让读者顺着文字的脉络展开思维。有意的，无意的，理解的，揣摩的，能与作者进行情感交流，是诗歌的魅力所在。

和娄展垠谈起诗歌，他会用"非主流"来形容他当下的诗歌。我的理解是，"非主流"即是小众的，小众的即是个性化的，个性化的东西更具有个人风格，而不是人云亦云、随波逐流。记得他在第一本诗集里说过，为了保持自己的风格，在很长一段时间里，他不再看别人的诗歌。他希望能回归诗歌的本真，摆脱模仿借鉴的痕迹，找到自己对于诗歌的理解，引起读者的共鸣。

现代诗歌相对于古代诗歌来说，是自由开放的，所以表达方式会有很大的变化空间。但过于直白或者过于晦涩，都难以让人享受阅读所带来的快感。娄展垠对诗歌意象的拿捏、对语境的处理是雅致含蓄的，但含蓄中又给人拨云见日般的清朗之感。

《一岁的早安》是这本诗集的书名，也是收录其中的一首：

是我岁末的最爱，是我年初的最爱
给你一岁的早安

寻觅过年的香味，控制留存的烛光
你像被窝一样服帖，我仰抱着想念
被晚安的风祥和地吹到黎明

江水笑我的独步、红楼、桃花
给你的早安鲜艳着
你是我的唯一唯美的爱了

捞起萍莲草，莲字念得像弹筝声
害怕被风吹走你的声音，哪怕一丝丝

像含在嘴的早餐去喜欢
吞咽你右手温热的爱情线

初读，给人的感觉是一首爱情诗。每天一声早安，从年初到岁末,是情人爱人之间的幸福蜜语,在彼此的挂牵里享受一种叫思念的东西。作者以它作为诗集的名字,想表达的就不仅仅是情爱了。爱是广义的,这里的最爱,也可以是作者的精神食粮——诗歌。早安类似早餐,精神与物质合一。随着时间的流逝,爱情会慢慢退去热情,诗歌却是情感表达最终的归属地。把诗歌当成自己永恒的恋人,"像含在嘴的早餐去喜欢",生活才会永远充满热望和激情。

"一岁"即一年,一年三百六十五天,能日日与诗相遇、相伴,在平凡琐碎的日子里过出诗意来,是作者一生的追求。

诗心,偶得。它是"明月松间照,清泉石上流"的静,是"曾经沧海难为水,除却巫山不是云"的情,是"梧桐叶上三更雨"的愁,是"人间有味是清欢"的悟,是"争渡,争渡,惊起一滩鸥鹭"的悸,是"便纵有千种风情,更与何人说"的千回百转。娄展垠的诗心,在生活的每一个截面,这里深藏着他的诗情画意,是经岁月历练后虔诚的初心。

在诗歌的高原上,他是少年,是赤子,他让诗歌多了一条生存之道。他的抒写,总有一段会在某个时刻,触动你被尘世灼痛过的心。

林建聪: 浙江慈溪人,宁波作家协会会员。作品散见于《散文选刊》《散文百家》《中国铁路文艺》《现代艺术》《文学港》《浙江作家》等刊物。

目录
CONTENTS

喊雪
/001

更远的远方是南迦巴瓦峰
/007

热爱故乡的痕迹
/002

遇见卡定天佛瀑布
/008

姐妹樟
/003

过羊卓雍错
/009

灵绪湖
/004

过嘉措拉山口
/010

过格尔木
/005

纳木错边
/011

过甘肃梯田
/006

纳木错星空
/012

行至珠峰北麓大本营
/013

仰望珠穆朗玛峰
/014

高原蓝
/015

俯瞰富春江
/016

喜欢的人跟我走了
/017

放马洲
/018

桐君亭
/019

跌落了爱的声音
/020

边弹边看
/021

背负
/022

初遇
/023

桂花
/024

稻草垛
/025

上岸的鱼儿
/026

爱你所看
/027

熟透部分留给我
/028

美人醉
/029

莲花镂空尊
/030

瓜棱仙人执壶
/031

樱花之上
/041

缠枝牡丹纹盘
/032

挖花
/042

爱心被摩擦
/033

民宿设计
/043

你是粉花
/034

腰酸之处的茉莉花
/044

第一个脚印
/035

过红绿灯
/045

芦苇荡
/036

严子陵钓台
/046

对祖国的爱长在水里
/038

白云
/047

情人节
/039

临江之南
/048

一岁的早安
/040

许多时间愿意白
/049

遇见
/050

伊敏河边
/051

呼伦湖
/052

大草原
/053

黏
/054

北极村同行
/055

古典舞
/056

四塘南村
/057

病毒的自白书
/058

女人是男人的民宿
/060

梅花
/061

相守
/062

赠白衣天使
/063

找民宿
/064

老屋
/065

去水库
/066

骑牛
/067

沉石
/068

油菜花
/069

古镇石板
/070

鉴湖古纤道
/071

兰亭鹅字碑
/072

西塘旧事
/073

临河吃茶
/074

轻纺村
/075

横坑村
/076

虞波广场的蓝
/077

梅园村
/078

倡隆的声音
/079

下洋浦村公园运动
/080

福合院散步
/081

万安庄傍晚
/082

你是我的菩萨
/083

葡萄美人
/084

致花木村友人
/085

雨丝
/086

回忆马家路的稻田
/087

夜过玉米地
/097

大岐山怀恋
/088

透亮的云朵不重不轻
/098

神女峰
/089

等你是我的一种甜蜜生活
/099

海水冲击伟岸最近的一次
/090

初初恋
/100

豁出的波浪
/092

中秋发我相思
/101

海空一日游
/093

梦境
/103

深渊的茉莉白
/094

抗台
/105

登鸣沙山
/095

晚晚白月光
/107

她是白马神往的中秋月
/096

星星
/108

茶香飘在今晚
/109

杜湖之恋
/110

赞美日记
/120

后记：诗歌是照见自己的经典
/145

附录：第四届"池幼章·杜湖
文学奖"获奖感言
/150

喊雪

雪在敲门，声音突然融化，经过雪松
一滴水在敲门，我在渴觉中等你

梅花靠近窗户的气息，和我喊雪的声音
在敲你的第二颗纽扣前的铁门

目光投入脚印将背影点燃
我的眼线消失了，你穿梭着银光闪动

当你抖落袖口的雪
我像山峰紧紧地握住北极的冰凉
击掌之后，如数回归温暖

我毫不经意地在蓝色的沙发上喊你
像喊月光，沾在你臀部的尴尬的雪
坐下冰封已久的洁白

2017 年 5 月 15 日

热爱故乡的痕迹

我注意自己的脚尖
像海红豆点数相思的花园
左脚等待右脚的尘缘

十个脚趾代表故乡的坐标
蓬草秀色，水鸟驻足
被浓缩的滩涂如何飞翔

按照母亲的指示
我留守南岸，脚印高于潮水
立起的脚尖如何落地开花

辽阔的边疆大海涌沸着
我狠狠地踢着台风
潮水席卷这肤浅的认识

双脚只需要七寸之地
趾踵触地，腿向外转
步步踏实我热爱故乡的痕迹

2017 年 5 月 18 日

姐妹樟

我只想把灵绪湖的白色丝带抽到手里
确定紧绷的时间是否随着落叶飘零了八百年

古桥、池塘、石板紧扣弄堂之深
溪水随着季节变换渗透至农作物发达的根系

我拉扯在绿叶如盖的姐妹樟之间
与其许愿相守窗格美色
不如像月光直接倾泻依山而居的同爱

微风掠过，裂开两行年轮散碎的光斑
未曾吹嘘树干灰色粗糙的表面

天高云淡，满目的三北碧野
锯断身段，也给树冠的面积再扩大一些

2018 年 5 月 13 日

灵绪湖

你可以筑坝让我的足印斜上
这样我便可以行走在你一直仰望的星空了

坝内明亮的部分收拢如腹
我不敢远眺在雨夜落下来的黑暗

没有记清，也不曾带走
这是初次与你相遇的全部

坝的彼岸是香樟木打磨的餐桌
我饮入的清水
是你的嘴唇幽闭了十年从山涧中捧起的

我从侧面拍摄到你的纤姿娇影
娴静到了潘岙村，海如别苑
后院的芙蓉花显得木讷

我学会如何想你了
这是我第二次遇见你的晴日浮烟
特别想你的肩膀，简单为水

2018 年 5 月 14 日

过格尔木

夜色朦胧，被窗帘拉拢的还有格尔木
翻飞翅膀的是永不相见的前世爱人
我躺下的一团美梦，可以横驰

枕头隔着车窗擦过绿化树、戈壁、雪山
我自动调节吸氧的速度

如果防护林在真空中全部失活了怎么办
驶过连绵不断的迷雾就清楚了
索性什么都退回去
极寒气候中草原会从头再来

火车戳穿了沱沱河沉睡的孤独
枯草集结到长江源头就与我彻底无缘了

旅客们详谈最多的是珍稀的藏羚羊
抓拍躲避在牧民背后的兽容真难
我宁愿相信山川看见的，是我所看见的

2018 年 6 月 6 日

过甘肃梯田

火车一夜之间从水稻越过了高粱
土地越来越薄，唯一的希望是长出土豆

这是我想抵达的地方
像眼睛热爱着的土地
被捏碎在手里，种子依然会萌芽

与我的身体上的土地不同
炎热的夏季可以降温

风沙之中，梯田像插图一步一步爬高
唯有一株乔木惊叹着留存的村落

让贫穷成为记忆，无关气候的干燥

这块土地需要大量水
与我一样坦诚地渴望着——
能够长出一种作物，就是一种作物

2018 年 6 月 6 日

更远的远方是南迦巴瓦峰

从结巴村到鲁朗林海观景台
到达不了的山峰是更远的远方

常说到达了的仅是眼光而已
更远的远方是南迦巴瓦峰

选择唯美的目标
不能抵达是一种现实
除非连内心也不存在的那些冰雪

南迦巴瓦峰将我的眼光提升至高海拔
去望纯蓝峡谷的一缕云絮

2018 年 6 月 10 日

遇见卡定天佛瀑布

遇见卡定沟，遇见戈壁
如果不想悬浮在对面的主峰上神鹰献宝
就做强巴佛从鼻眼里将慈悲的泉水哈哈大笑流下

我踮脚立在粗圆的木桩上，仰望着阴冷的酥油灯
思索着青松为何比接骨草更容易生存在混生林

行至圣潭，阔叶和针叶说不清斑丹拉姆是咋回事
瀑布像银练在佛号里转身变为涓涓的溪流了

我不攀登就明白了：一种水在奇峰上爱云雾
另一种水在异石下爱青稞

2018 年 6 月 11 日

过羊卓雍错

圣山融化的雪水灌满羊卓雍错
狭路的弯曲是凹地大谷向着深蓝的弯曲
我可以随处打捞淡蓝

不是什么湖水都可以降临尘埃
我像羊卓雍错的蓝，宁愿在高原堰塞纯洁的自己

在天蓝和水蓝之间一会儿隔着翻滚的浮云
一会儿隔着淅沥的雨
我凝视的蓝在冰川上只披挂了一阵子

顺着雅鲁藏布江，像山峰一样到达蓝天了
这不是我的追求
我的终极追求是回到平原继续仰望山峰

2018 年 6 月 12 日

过嘉措拉山口

山头的背影盖满石头，石头的背影盖满草甸

腾空，分流，爆破，扩散，云雾怎么变幻
也遮挡不了嘉措拉山口的隐私

斜阳绣红了青藏高原最不平常的荒凉
牧民追赶着野牦牛，只是希望

云头变幻莫测，山头变幻无穷
我喜欢观察石头旁边泛黄的草根

光线久照一块块缺角不同的黑石头

当背影盖满了新的空白，又统统地消失
我也是一块驰骋山峦的黄石头

2018 年 6 月 15 日

纳木错边

只是改变了我的大海水的容颜
只是多了岸边的一匹白马

双手背后相扣的蓝蓝的陌生美人
倩影向往亭立

波浪滚过足印，这天仙的痕迹
风云变得比翻脸还快

不再是单纯的沙光石色
我只能重新远眺栅栏边缘的雪峰

2018 年 6 月 17 日

纳木错星空

我看到你背后的星空，你看到我背后的星空

过尽黑暗，拥抱在一起，才是整个星空
大小，左右，明暗，远近
这样的分别，是因为你闪烁在念青唐古拉山的夜空

灯火，帐篷，毡房，草地
瞎踢着石子，摸索着野狼的黑暗是真实的

晶莹璀璨，当我眼见属于自己的那一颗
为什么继续盯着会迷失于你背后浩瀚的星际

在嶙峋的乱石之间，处处内敛着不平凡
我像仰卧的纳木错晚睡的尘埃和射线
同时容纳你的满天星斗

2018 年 6 月 18 日

行至珠峰北麓大本营

闻不到草香的定日县的南方，雪峰巍峨
石头群掩埋了濒危动物骨头的成分

我像戈壁滩的活体标本随汽车运行着
与大峡谷粗犷的气息脉脉相投

我拿出淤堵在心口的废弃的石头
像箭镞般千次射向珠峰北麓的冰川
崩溃的水滴掠过了边关

我忽然被天体同化为一座纯洁的城堡
钟爱美人的眼神长出山峰

祈福的旗幡悬挂着一极的星光
我绝不允许自己佩剑骑马
击破珠峰大本营五颜六色的夜雾

2018 年 7 月 22 日

仰望珠穆朗玛峰

没有降雪，珠峰被白色的冰雪覆盖了
神奇，圣洁，任凭一股小气候

皱褶山集中了雪线的痕迹
荒芜艰难地移位，亲临纯净的顶点

大峡谷的阳光顿时将银山变成了金山
迅速折射我入俗的眼光

白雪的六角冰凌盘绕着颓废的戈壁
晶莹的凌花让冻土柔软起来

绒布寺的石墙沉思一尘不染的黄昏
寒水缓缓地流淌凸凹的恒河

独步登上边防线，不能再跨越
珠峰锁定了全人类对高山的仰望

2018 年 7 月 25 日

高原蓝

我挂着丝巾的蓝，合掌于雪峰稀薄的空气
将祈福的高原蓝跪给玛尼堆

这也是藏羚羊瞭望米拉山口的蓝

西边拉萨的蓝寒冷干燥
东边林芝的蓝温暖潮湿
牦牛群喜欢的领地的蓝被划分开了

我撞见工布江达县清净的蓝
神灵缝接的经幡蓝一路给了我安慰

当碧霄的蓝低落了背后的戈壁
自己巅峰的蓝只怕浪费
爱情可以改变天空的蓝色

云朵的蓝，捧在手心是留不住的
用收集的高原蓝喂养尼洋河

2018 年 7 月 30 日

俯瞰富春江

远方高流量的杭州湾分滤着富春江的清澈

城北的秋水悄悄地涌入我的心窦
不衍射开去，不激起波澜

我没觉得只要做一分子的水，就要付诸东流
可以远离大潮，直接蒸腾到天河作雾云

我迎着江景房的灯光碧绿地跳跃着
肯定忽略顺势牵手的钱塘江了

我的胸怀是穷尽对大海的无限喜欢

2018 年 9 月 14 日

喜欢的人跟我走了

城北街道九年的芙蓉树
被我几分钟走完了开花的时间

摊晾着的羽状复叶像黄褐色的石板
嚼出下午茶一样的幽香

长长的裙子和足印隐居了
我数着老房子的个数来到夜色璀璨的江边
灯光亮起，不需要风雨乱打

我不关心岁月落寞在泥底，也似水
走与被走，流与被流
终于，有一个喜欢的人跟我走了

我不能轻易地挽起三江口的悬索桥影
两臂像霓虹的两岸有看不清的渔船驶过

2018 年 9 月 15 日

放马洲

隐暗的江滨古道不再陪伴桂花和渔火了
五个月的等待不在一汪秋水的眼里
是在抽刀断水的手里

江水牵着放马洲，我也想以手为马了
左马拴住彼岸桐君老人初恋药材的味道
右马拴住此岸浴女下水的裙摆

楼房，树木，青石，行人匆匆经过
扶着笔直的涨潮时的栏杆
未完成的事件
是为了让手更想触摸有液压的深夜

2018 年 9 月 20 日

桐君亭

绿叶和石碑轻叹悬崖之下的细水长流
这次作别，我听得见桐君山掀动深潭的声音

大江咆哮在胸口，需要血液和潮水磨合落差
乱石被浪头激起勇气，向桥墩拍打水花

梧桐和雏菊留香在药祖圣地
攀登，可以模仿一块石头垒砌另一块石头

两壶吊挂在树枝上的灼热的汤药
与一云一雾有情地牵手

美人本该属于江山孕育的甜蜜部分
山水相拥，望不见亭子自身的遥远

2018 年 9 月 21 日

跌落了爱的声音

桂花的清香不是刺激了鼻子
而是激动了我的手指

雾霾神秘地烘染着墨黑的护栏
灯火被踢到了彼岸的边缘

我深信着蓝紫色的小果子
像不成熟的桂花舞动枝头

我灵敏地牵动着被红楼高擎的眼神
连带衣袖送别柔和的江水

白茶冲泡桂花，芬芳煮沸已久
只有我懂得千步之后的秋叶飘零
因为跌落了爱的声音

2018 年 9 月 27 日

边弹边看

唯一的意念分散在修长的指尖
潮水冲动到了十个甲片
弹奏着春江花月夜不变的事物

桃花插满了古筝旁边的青花瓷
余光躲过泄密的山水

高音鼓动着臀形星空般的根雕凳子
树髓雪藏几十年的月白
湍急的大江倾泻于这原木纹理
释放着渔火的张力

左一拨，右一拨，低音甘愿沉迷
左一桨，右一桨，摇晃昏厥
另一侧轻舟划过了高楼

2018 年 10 月 1 日

背负

长望着西方忘掉了尘埃的雪峰
被白马背负的花朵只有你

连晴少雨，悬崖石刻被绿洲擦亮了
你是唤醒沙滩的花朵

倩影不断斜长，叩跪着转身的大峡谷
披肩发垂钓背后的雅鲁藏布江

我甘愿被专陪游客拍照的黑牦牛欺骗
也要像你浅笑笙歌在流水尽头

手指做出了惹人喜爱的动作
被落日背负的花朵只有你

2018 年 10 月 14 日

初遇

我隐身于你午餐欣喜的光辉里
十人之中，我携带海滨小镇空气

你静坐着像芙蓉花般清纯、拒霜
这是一张普通的覆盖棉布的圆桌
我是四月枝端叶腋间的淡红色
具足单生孕育已久的枝叶

我幻想初遇芙蓉花在某个地方是山
某个地方是水，山水相映

万万没有预料到，密闭着魅影玫瑰的心房
像上下一幢高楼需要乘坐电梯
升到某个地方是星光高远
降到某个地方是月色低近
像托叶将怎样地早落于你的怀中

2018 年 10 月 24 日

桂花

黎明改变不了的黑色在车顶横凸着
露珠不会增加桂树的重量

桂花在停车位，凋谢一地心扉
进逼着散漫的、透彻的雾气

宁可孤独地枯干
也不让路人看见它离开母枝时的容颜

本来抓住花芽抽发的任意一次机会
都将带给花园美好的生机
却发现被狭小的叶腋耽误了

然后掉落，即将被我的汽车带走
像静候运载原初的想念

晚秋簇拥着许多相同浓度的清香
奔驰百里，远溢千里

2018 年 10 月 28 日

稻草垛

秋收之后，叶绿素和稻香一起被晒干了
一目了然的黄色
像一垛垛云朵被高高地废弃

阳光漏进编织着迷宫的凉帽
脸颊产生往昔的红晕
炙热的力量躺倒了稻草垛

这么多的梯田像这么多美妙的分秒
种植水稻的面积
像飞鸟馋着谷子的年华，实在太少了

我望见山腰的稻谷
是一个女子在户外锻炼着的爱情

稻秆弯膝成熟地中空了
就满腔地被灌注自备的矿泉水

2018 年 10 月 29 日

上岸的鱼儿

甜橘子的下半个像在一张红桌上爬渡
潮水不可能淹没圆底之臀

抽身而退的空气被拂动了
柳叶细碎的声响传入楼外的鱼舱

鱼儿仅仅度过一个落日
像在我的江南装饰了十个春天

残枝揭露着深爱至死的根系
花絮甩掉了一连串缥缈的叶子

划桨，和一尾想上岸的鱼儿游戏
背鳍潜伏着大大小小的水声
我的行踪也没有黎明和傍晚了

2018 年 11 月 7 日

爱你所看

把我所爱的白月光归还给银河
今夜借你朝左侧的嘴唇
失眠深了，可以吻合

窗外，一把叠满江心帆影的空椅子
一盏灯火，打坐的两个人

我爱你捏着手机的所看和给予
跑到顶楼放眼去看的星辰

我不嫉妒你的景观和你背叛窗口去呼吸
借你朝右侧睡隆起体香的腹部
我的耳朵收集迷雾的方向

又有瞬间而灭的风声，夜深了
我入睡于无法估量的爱

2018 年 11 月 10 日

熟透部分留给我

散布在稻田的热气吹开了我爱你
一圈一圈，一程一程
我拾取的是粮食，累坏的是腰杆
田埂在足弓下的压抑被按摩

糙米的颖片像我对你的爱，外包得严严实实
黄澄澄或金灿灿的外衣，优雅大方
让我专注于你温婉的深秋气质

那些可以用作超级材料的秸秆纤维
用淡水灌灭的裂缝，垂向地面涌动的谷穗
在户外，我将统统抱走

已经抽空重量的稻壳
水稻能引起燃烧的熟透部分留给我

这是我爱你的万分之一的理由
爱情像定性滤纸
将我观察黄金的目光过滤成纯净物

2018 年 11 月 16 日

美人醉

桃花落满唇口，从掩袖而饮
到随性而饮，从忸怩作态到醉醺醺失态
贵妃的繁姿软舞举重若轻

丰腴的线条糅入新越青瓷
风摆柳的韵律让我想念一位伊人

弹筝在春江之南，飞絮有定，远听无声
同样衔杯、卧鱼、醉步
有时婉娈徘徊，有时腾越旋转

仰视，拍摄的是凝固的舞蹈
反光却把自己定格在美人醉的釉色里
宁愿被胯下的酒水淹没

2018 年 11 月 24 日

莲花镂空尊

灭你为土，生你为尊
一覆一仰
你涅槃为前世今生形似碗钵的莲花

收敛的圆腹被我湿漉漉的手掌捧起
来去的姻缘看破了轻松放下

我跪念由上而下的七层莲花瓣
分分钟想起了你，怎么能够秒秒钟舍弃

细长的尊颈比肩那稍具纵纹的菩提树茎
原来你持久在我的烟尘里，不为冷却
不为扎根

一场火灭你，一场火生你
刻画，模印，贴塑
我揉着净土为了纹补遗留的自性和大爱
决定镂空你外在的精美繁饰

2018 年 11 月 25 日

瓜棱仙人执壶

我用葫芦形钮盖把风雨按灭
重续千年的炉火
让茶末在壶胎内修炼出滚烫的香度

青釉在沸水浴之外单薄且致密
将手工刻花的极品交纳给皇族
珍藏这国宝的女子该做尊贵的皇后

我与双带式曲形把手结识共誓
泡茶的时候只允许游于虚空的仙人进出
像请饮在庄严高妙的宫廷

我执着于柄，无执念的茶水
从壶底经过鼓足瓜状安定的腹圆
由往上外曲的流灵活地倾倒

壶体内陷的六条瓜棱
像唤醒梅瓶的隽永的烧痕
它和疼爱我的人一样，重心在下半部

2018 年 11 月 27 日

缠枝牡丹纹盘

大地缩小，缩小，为了让我还看得见
拉坯为贵气的敞口扁浅的盘子
收拢的盘心装满了十月零星的花果

牡丹的左旋吉祥枝蔓向上向下
缠枝对盘面的暗恋被强光照见

我等候着天香之王的粉红色熟睡
无雄雌之分的花朵，不显露花蕊的重瓣
凡是蔓延给春风的，都可以绽开

麻绳，铁丝，竹竿
我被大雾之中这些仅存的依托牵引
四方缠绵，波卷，为了连续地盛放

2018 年 11 月 29 日

爱心被摩擦

一场大雪刷新了灰尘
我喜欢奔走在不曾拥挤过的空间
街道的空气都是寒冷的

按照出门的程序和白雪一起从高楼降下
只不过隔了窗，我顺从电梯
却同时等待着长出翅膀

阔叶，针叶，昨晚的颜色被遮蔽
树干劈成鱼竿，为何独钓如此遥远的雪花

锃亮，我为了谁消融指尖的雨水和寒风
大地内敛的爱心被摩擦

一场大雪刷新了脚印
我担心在小区滑倒
花园的草径都是平坦的

2018 年 12 月 12 日

你是粉花

康乃馨养在小矮几上的瓷碗里
捡拾休闲时刻的丝丝浪漫

液晶屏幕内演员们在别人的故事里或喜或悲
有时角色在我的客厅真实地经历一生
我激动地连续遥控
与摩登女郎偶遇在我的别墅

似乎还要经历一段爱情，等待着
经历过青春、成年，只有你像瓣片留在基部
有时像晶莹剔透的玉露陪伴我
特别打扮着被铺垫木纹碳晶地热毯的夜景

你是粉花，我是青瓷
让无可挑剔的你绽放在我的身上

2018 年 12 月 20 日

第一个脚印

塘石托举不了，根植在闸口的我的脚印
与你踏在海岸的第一个脚印相印

你像后羿用箭射落在潮汐里的太阳
留给夜空的疤痕，是亮点，还是黑点

我的脚印，光洁，歪斜，坚实，耐热
像筑坝的乱石一样依次被拾起

生铁的锚链，摇晃的渔船，裹满盐花的双足
之前颓废的浪花，也被推开

被眼波席卷，扑入瞳孔的鸟影消失
幸运的是，我可以捉摸你

你的脚印与我对大海的吻印重叠三天两夜
其余颤抖过的，也交给了湿地

2019 年 1 月 13 日

芦苇荡

第一步观察高秆矮秆，只动眼不动手
绿色整齐抗倒伏地仰视立春
黄色凌乱易倒伏地俯视冬至

叶子飘起，一只手抵住海岸线的诱惑
这是祖国的湿地被围垦在杭州湾的圆弧

另一只手从左右、上下，再从右左、下上
将被花絮覆盖的海涂的帐幕揭开

第二步只动手不动眼
天然的氧气在我的深呼吸里拔苗助长

这潮水和母爱荒凉着的黑黏土
西北风狂吼着我摸索过的每一个手印

倒伏的方向，澎湃的方向
亲吻轻一点就是慢一点，白天鹅吟诵《声声慢》

我的爱绝不让祖国痛，像打通经络

芦苇的繁殖力一根强过一根

2019 年 1 月 14 日

对祖国的爱长在水里

潮头呼啸而来，像大海伸向杭州湾喇叭口的舌头
辨别海塘的基石之后还可以拉长

一浪一波的柔软的舌尖
在高滩浅槽品尝着芦苇根甜甜的味道
我对祖国的爱长在水里

喷珠溅玉，雷霆震天
这些不是潮水经常厮杀到塘顶的全部

起伏，沉浮，芦花好似云絮被捧为一块海平面
飘缠着藻类湿漉漉的落魄的微香
千军万马的潮头跌宕在手掌之间

潮水流淌盐场的几程都成了渠道
飞鸟翔集，蜂蝶翩跹，有时轮换朝我扑来扑去

阻挡，摩擦，泥沙倾覆海涂
我的爱被加热在潮水里喷涌祖国的地方

2019 年 1 月 16 日

情人节

今天的爱情属于雪，只属于雪，单纯的雪
醉江楼的冷风不属于自己了
纵横十二小时，赠给雪，只飘雪

餐桌孤单单的，坐满我一个人的雪
十八度的雪花啤酒、碗筷、竹签都专供给雪
我可以去诉说，去相融，去亲密

我傻捏着雪的情人，以为不需要去私约
去赠送，去添加，去浪漫
去晚安的字里行间只要疯长一颗爱心

执着雪，今天的时间很短
我的上眼睑守候着瞳孔内的山水
像积雪闪着白色的柔光

大雪飞渡江水，与谁一起了？都不是
渺小，也硕大，飘尽夜空
纷纷地挥霍冬雨一般最后的等待

2019 年 2 月 14 日

一岁的早安

是我岁末的最爱，是我年初的最爱
给你一岁的早安

寻觅过年的香味，控制留存的烛光
你像被窝一样服帖，我仰抱着想念
被晚安的风祥和地吹到黎明

江水笑我的独步、红楼、桃花
给你的早安鲜艳着
你是我的唯一唯美的爱了

捞起萍莲草，莲字念得像弹筝声
害怕被风吹走你的声音，哪怕一丝丝

像含在嘴的早餐去喜欢
吞咽你右手温热的爱情线

2019 年 2 月 27 日

樱花之上

当樱花铺满滨江路时，才算烂漫
致行走桥边的你

你说花朵斜穿寂寞的蓝天
樱花才算来过

随着树枝，弯向高处的雾气
我爱樱花之上的楼兰

宛若清浅小溪在星空石上汩汩流
兜兜转转地点缀
美丽动人地耸立，无与伦比

2019 年 3 月 29 日

挖花

我到江边去了，挖一点花
酢浆草没有活，今天拿了个小铲子
一旦种了，就要爆盆

低头，看我的爱是否踩错了脚趾
是不是印在鞋面的花瓣被鸟鸣
一碰触，就溃败

这是春末宠爱有加的最后一朵了
被掘走的痕迹自由地发热

沿着草坪、台阶，我的行走细致入微
步步高升的爱，却零落

2019 年 4 月 16 日

民宿设计

东边，是最喜欢的几千步的纯蓝色
像溪流之上的青花瓷

拾级而上，进入南园的一亩菜地
游泳池，阳光穿透休闲房
错落有致的原生樟林，小树屋

斜阳西下，像白日梦绽放
旗袍、花朵、绿叶相掩
小红书视频，绰约地走出春天

北边，围着一圈竹篱
美感十足的落地窗遮住一些山水
神秘的帐篷，让爱去度假

2019 年 4 月 21 日

腰酸之处的茉莉花

我只有一个支点，足弓难以支撑
去森林，阻挡的是树枝

躯体成为攀缘陡峭的另一种阻挡
如果去溪流，手臂会折断

一个人的蹲伏，像山岭般侧躺
难以觉察窄叶的裂痕

却弄乱了腰酸之处的茉莉花
深入行程，让我看见
溪水顺势洞悉着翻腾的江河

探索，我来到熟透的登山点
蝴蝶的翼，以花为舞

为了一个月一次的审美
树皮、沙石粘连黄白色的蜂巢
我的蹲伏接近了夕阳红

2019 年 5 月 11 日

过红绿灯

你的眼光，一直是我的阳光
过十字路口时，像可见光源

一阵突如其来的细密的雨
撑开了边走边望的想念

遮挡阴云的汽车，继续直行
你的美却横穿马路，小跑几步

我被红灯刺激得惊慌
纯粹的爱暂停了七十六秒

2019 年 5 月 15 日

严子陵钓台

富春山三角形一侧的树枝伸手
潮水暴涨着，西台去迎接

多少蓝色的葫芦花淹没在浮动的两岸
露出的，仅仅是被东台垂钓着

石柱镇静地碰触着所忍受的湿润
心急地润滑着山谷的苍茫

树木围拢，被冲击的枝丫全部酥软
明暗决裂，山色水波重组

呻吟的落差需要被秋月安抚一分钟
漂沉，持续的光线淋湿于绝壁

2019 年 5 月 19 日

白云

升空了，才能浮现千里的白莲花
你只穿透明装，内在真空
让我外观晴朗的天气

没有彩云可以和你匹配
纯洁无瑕之余
你依然是我抬头看到的被真丝包裹的样子
拨开迷雾的魔力不变

我刹那做了晒在大地小村极乐的云
把自身的重量卸下
飞翼不具有外壳

我不再是我
雨水之后的蓝天站出另一团云
轻俏，之后会有高峰
我云游着向你忽有忽无的倩影喊一声

2019 年 7 月 1 日

临江之南

你的衣袖干净柔软
轻拭斜阳像双子叶植物长在白桦林
两手松开霞光万丈

你在前头采掐着一根根陌生的花草
额尔古纳河和马队在我的身旁
这是黄色的雪菊不能再北的江山
我似火焰兰被你的右手攥紧

白桦树皮一层层剥开，依然是白
像你深夜的自身之白

你扑进原始森林的方法非常简单
沿着铁丝网以便隔着河岸相望
我坚持走黑色的马道又改路重上山坡

2019 年 7 月 22 日

许多时间愿意白

高楼，背影像茶具塞进箱包
从一条河流，邀约另一条河流

绿源潭的清浊，针叶林的曲直
青青的草原冻过千里

红松、灵芝穿戴枝干的冰雪
高铁找到了北，冷了几度

我像长白山峰，许多时间愿意白
火山口炖过几条冰河
爆发至高无上的天池陷阱

却让河水流出了森林、浮石
怪兽，跟随三江口的深蓝

2019 年 8 月 10 日

遇见

桃花托运在连衣裙上被你带到了七月
大风穿透我的深情

遇见你，让我之前的中央大街像松花江一样长了
俄式建筑，像辉煌的陌生人

你赤脚从清浅的沙滩走下去
光洁的拖鞋一样的波浪被我拎着

这次是你在雨伞下唱响了哈尔滨太阳岛
歌声需要十分钟轮渡人造的喷水彩虹

秀发在茅草四角亭子里自由泳
我的爱就不会戏耍对岸的石头

2019 年 8 月 11 日

伊敏河边

你的手臂是我最关心的草原弯曲
从江南潜伏到海拉尔的伊敏河
不可能一下子牵手

哈萨尔大桥北边，平台浮出水面
我去抑制漩涡的下降趋势
宽容地触及这条黑亮的海拉尔河支流

会走会追，是流水的意义，想跟随你的全部
坐在石凳，靠近你的右肩

我从微笑的方向拍摄鸢尾花迎接着杨树
黄色的上衣像幸福的大花瓣

我不愿去戏水而蹲下同抢一块碎石
百灵鸟经过幽径，刻意逗留，只因你的美丽

2019 年 8 月 12 日

呼伦湖

你卷起北方几千公里之内柔美的波浪
从东向西，在长方形里

你清澈得不愿意向我倾诉白天的生活
剩余亿分之一秒了，我还妄想聆听

我不能从四边欣赏你向着草原透明地推进
你的水质是我的皮质

不是下雪般偶然相逢，旅行为了你
在新巴尔虎右旗丹顶鹤休憩的小村午餐

我参与不了你的生活，像冬天的冰封
只有惦念窟窿口被收网的内蒙古红鲌

不是身陷，这次你是我的大泽
我瞬间上升到热恋，想骑白马猎逐一回

2019 年 8 月 14 日

大草原

粉衣白裤伴行贝尔方圆六百里的斜阳
呼伦的微胖适合枣红马的冥想

我不能参与呼伦贝尔广袤无垠的全部
丰沃的大草原简洁得碧波万顷

不能参与你的全部，暗暗地裂出乌尔逊河
像连接着一道伤口之爱

满洲里车轮右转彩云带，黑山头蒙古包
丘陵高坡吹给我的水都是景点

牧马、牧羊、边卡大雪纷飞中的萨日朗花
我壮阔了额尔古纳河的一点声响

2019 年 8 月 17 日

黏

这不是黏，是主根一次次在白昼的生长
是存活的侧根对草原的依附

一天是一年，是亿秒，甚至是百年
我只有一生专从你那儿爱过

同行的莫尔格勒河，几个小时一曲
这样的联系使我的寂寞流逝了

像大炕中心跳起火焰兰最优美的独舞
香芋的紫衣襟被北红村的极光绚烂

从未想黏，是凸凹脑皮质的宽阔无际
触发了苍穹背后的尘埃之苦

2019 年 8 月 19 日

北极村同行

像游船被我牵拉着，一分钟都不舍得放松你
黑龙江的水一边你追我逐，一边被观赏

流逝被我的摄像头切断了
底片上的山崖慢慢地清晰

滔滔不绝的黑色湍流
被我捧在手心的，是透明地扑腾过的

张开双臂，翱翔七星山，谁是我的大雁
北极村朝晖的缺陷部分被涌满

我以爱的方式需要你，期望你
沙子到岸便是绝路，细碎之美在于如何回落

2019 年 8 月 21 日

古典舞

你的展翅，粉红色飞翔，牧马人的古典舞
前点步、山膀、托掌，草原也是柔软的

撩掌的影子疯长成草，铺到坡顶，铺下去
又铺上对面的高坡，我辽阔起来

草原是你，每根草都是你
兰花掌撒出蒙古包上翘翅的旷野

唯一的坡度，永久的命题，中心是你
我的虎口接受斜阳的盛大和耀眼

踏步蹲冲掌，像你骑马时的一顿一挫
留头在这被河流裁剪着的草原

2019 年 8 月 23 日

四塘南村

相见于四塘南，我的视线卷起波浪
奔袭百年之后的碧野
我的眼光抬高到海啸的水位

波浪伸出的双臂像山脉连绵不绝
纯净的绿叶，层层叠叠
金黄色的油菜花，宁愿粉身碎骨

不相见，因为视线像月季一样静养
又大又密的葡萄紫红得
像火龙果闭合熟视无睹的夜晚

等待我的波浪终究扑腾而来
我抓不住河流田园里劳动的影子
腰背被海风轻轻按摩过

2020 年 1 月 22 日

病毒的自白书

组成我的肉身的只是大千世界中的两种物质
通过焦点虚实的电子显微镜
我被导电的镜筒，精准地望见了

试管团队对我分离和测序
我像捉摸不定的灯芯变亮了
这是科学毒株与时俱进的璀璨星空

像珠峰，其他攀登者极少成功
白茫茫陡峭的大片，依旧对我浑然无觉

我是敏感，我是简单，没有营养却大量复制
我是地壳运动时降世的火焰

我的使命是控制人类的欲望
如果无法无天地野蛮，不是个体的死亡
而是城市的消失、物种的灭绝

野生动物对我的居所充满留恋

群落和谐，只有繁衍，才能让人类对我敬畏

我本来就存在，推动着人类进化

2020 年 2 月 7 日

女人是男人的民宿

房子与房子隔离着，红砖已砌成了墙壁
一户一村，一镇一市，这么寂静
这么孤单，熟悉的人群确保陌生的距离
唯有空调的深呼吸安慰着床头

女人是男人的民宿，你是我的大房子
窗外，鸣唱出众的夜莺入住了
放空，不像这么灵巧地翱翔一阵阵
树林收集春天的气息

我降临在蔷薇蔓藤一往情深的老院子
蓝绿色的枝头在集体攀壁
像你遮掩如玉的膝盖骨以上一节节
或者一寸寸地绽放漂亮

防腐木缓缓地铺设着陈旧的日子
凉亭之后，桃花的旅行步步惊心
我想你的江水了，你隐瞒那儿的娇喘声
如果说出真实，就是真实爱我

2020 年 2 月 9 日

梅花

亭榭之外，我凝望着最红瘦的一树
被白雪捆绑在后花园
像无主的云絮遇见大地的惊喜

横斜错落，叶基留给迎春花的季节
过完三月，梅花才是美人
被追寻者梦在手里，浓艳，香冷

灰色的梅瓶喜欢占有一场雪
阳光之后，肯定一场空
枝杈为什么拥有这么众多的隐芽

我保留着栽种的姿势
接受的，是大片常青成熟的果岭草

雪与草坪涌现初吻，垂落无损
我宁可等待这场大雪
尽管又是梅花纷飞，烂漫的空

2020 年 2 月 15 日

相守

我时而站在树的左边，时而站在右边
春节像不在同一个古镇庄园

根扎得很深了，放纵休眠的黑暗
菟丝子决定在我的树上爬藤

越冬的花相映子夜的烛火
不用嫁接，可以让灿烂的星光相守

所爱是为了飞来飞去的碰撞
像鸳鸯啄食在天空的同一条轨迹
今朝从想念升起，夜幕又从想念拉拢

两株树一晕被我劈成一张大床
刨花中央完成了枕头的唯美

我的棉被时而盖在右边，时而在左边
彼此隐瞒，或者暴露着梦寐
这是一生一世的等待，不哭不笑

2020 年 2 月 17 日

赠白衣天使

岌岌可危，这次天使果断逆行了
和谐号从我的眼睛里呼啸而出

铿锵的铁轨延伸着锃亮的视线
隆隆地震撼着武汉看不清黎明的痛声

曾经是我的等待，使用撒手锏
针头刺进皮试的肌肤，反复操作与安慰
药物在血液的公路上像野马奔腾

口罩封闭的城堡像白大褂的延伸空间
生死透明的盐水瓶被铁钩子吊着

哪个方向通某个城市超敏的火车休息了
我不能隔离病房美丽的目光

2020 年 2 月 27 日

找民宿

大桥上，导航的箭头横切了江水
同样穿越牢固的悬索桥
我的速度输给了稍纵即逝的帆影

向西行驶，没有行人给我打招呼
白云紧贴我的脸庞
每天只是存在，不会关注斜阳去哪儿了

跟从几排楼房右转
搁置水泥板的溪坑亲昵着碎石子
我像三棵樟树遇到了关口

山脚边，汽车进得去，难掉头
这是寻找的民宿
门窗被背后庇护的竹子熊抱了

2020 年 2 月 28 日

老屋

锁芯在宅基地生着锈
我解开小孔的雨水和黑暗

院子内明摆着岁月的脚印消失了
重踏一次水泥地坪

推开大门，内部分隔的房子
像充入蔗糖和空气的果实
一间一间啃碎的，先被我捏过

没有什么贵重物品可被偷了
白色油纸袋包裹着旧衣服的经历

大床是否保持着新婚时原木的纹理
这不是山树当年被装修的目的

探求鲜花钉在墙壁上的细节
我必须亲吻卷边凉帽
确定被平台光线编织的温暖度

2020 年 2 月 29 日

去水库

田地里眼熟的蔬菜，很多叫不出名字
东南风，漫不经心地经过

从宽到狭，白石子路分岔
前有菜园，后有一片整齐的梅树苗
我决定像小村打破自身的局限

山坡，像被一支支电线杆抬高了
路基以沙泥为主，溪水松散陡峭
幻想被一只绵软的手紧紧牵住

伸展不了，因为事先对曲径毫无准备
另一只手，指向曾经失火的山顶

水库像小天池时刻提醒着警戒水位
荒草和枯木沦陷，或者尽力暴露干燥
我抵达了村庄冷静的顶点

2020 年 3 月 1 日

骑牛

我骑着牛，蹄印慢慢地加深
在田埂上，步行的重量上压遍了野花

牛背像浮游的小木桥，防晒防雨
踏实被自己甩掉的身影

田地宽厚得像阳光站高了几寸
我哼了又哼水稻的歌声

蒲公英点缀着一湾清白的河水
牛转向古村湿润的草棚

花粉飞向了金灿灿的方向
一路捞着，被我重绣了的一朵稻花

2020 年 3 月 2 日

沉石

一块巨大的石头沉没在激流之中
在漩涡里被粉碎成两半

一半被东边的栏杆拉起，耸立为高楼
失落了的，住在桃花之上

另一半滚动到西边的椅子旁，像觉悟的绝壁
轮回到人间看炊烟袅袅

海潮侵袭不了，干旱奈何不了
从未咆哮过的春江水在中间流淌着

一个被父母呵护待字闺中的姑娘
抱膝渔舟，不惊不乍
不敢张望这柳枝之下扬长而去的石头

2020 年 3 月 3 日

油菜花

我的惊艳在于独自走尽了锦绣的山河
没有一扎鲜花可与之媲美了
不得不见的阳光由于眼镜色散

突然，被枝头确定的即将绽开的空旷
透亮了十八岁那年的金黄

播种下去，注定不能随意被分隔了
抽芽时，早已打算紧紧地相挤

薄膜微微地鼓起子夜的白月光
黏土分子对我的油籽无数次发热地想念

如此简单，又重复质朴
田野繁殖着这唯一浓烈的颜色

2020 年 3 月 8 日

古镇石板

走一块算一块，无论怎么走过
我依然是长方形的空白

迎春花在水阁桥附近摊开着脉纹
将自己的瓣片固守在手心

不是任何时刻都留给美丽背影
我的沉思连同足迹被擦掉了

被踩被踏，只为喜欢筑我为街的人
这样就可以轻易穿越陈年茶店

铺排之前，就在一座山上厚重了
我的粗鲁让灯笼牵挂着

2020 年 3 月 26 日

鉴湖古纤道

只会泛动，不会流动，纤绳被割断了
两片白云沉迷，一左一右

我经常高出水面五十厘米踟蹰着
不知鲁镇的桃花从天而降

长石条被摞倒，是鉴湖无奈的一切
不再背纤行舟，安放纤夫的脚步

我选择了宫廷屋檐式的牵拉，一只手
往另一只手里栽种了大槐树

消失于山水有多难，骤雨偶尔暴涨
索性纤细地留给石拱桥，难舍难分

2020 年 3 月 29 日

兰亭鹅字碑

在同一个世界不同的石头上一笔写下来了
我难以借助其成为丰碑的灵感

动物的真实不一定通过解剖去发现
可以通达为书法的创作艺术

因为爱好被铭刻，美学境界自然流传
不是墨水，而是手掌拨水

鹅字苍劲，孤鸟从右边涉足"我"的下面
颈曲微弯，翅膀是龙骨的想象力
胸部一旦丰满，就不会飞离了

从旁边的水池活动到兰亭
自己没有目光，茂林修竹看透雅集
和褪色在绒毛之中橘黄的嘴

2020 年 3 月 30 日

西塘旧事

西街整个躯体躺向了海棠树枝
商铺像侧芽对生着显花

根雕，纽扣，瓦当，扩张着铺面
石皮弄的雅集返回冷月光
牵手天使，因为狭长，被逼放下

乌篷船的雨篷提防着桥孔的空虚
东撑西拄，缺乏安全感了
缓缓地摇划十八岁暗恋的清波

灯笼像吃醉了河虾，羞涩得过敏
像渔夫沉水的倒影跳出火焰

带动人气息而掩脸的女子莞尔一笑
端起茶盏，倏忽轻抚
长廊连绵烟雨，而不是匆匆过客

2020 年 4 月 7 日

临河吃茶

我背得出你的脸，一眼望穿春天
默写在樱花上的句子

你的眼，让河水淋浴梅雨的温柔部分
水龙头的温度拧得比常温时高一倍

你的额，让我的节气蛰伏在土地
时尚色的唇印布满了零点

专挑临河的位置坐下，今天的栏杆
从呵护双肩的延长线开始

我背得出你的茶杯，百看不如一握
牵绊着柔软、温暖的掌纹

2020 年 4 月 11 日

轻纺村

白墙黑瓦，我可以少怀一点儿乡恋了
你是村，却坐落在城中，自身圆满

梳理你之前的河水，骄傲地归来
不顾曾经积累在黝黑的深邃的流逝里
把过往的浪花浪漫地淘尽

道路、公共绿地及小型景观被建设完毕
我认不出你城乡一体的美丽角落
轻纺女的七色衣袖依旧光芒万丈
像针织着清纯的可见光线
让我挥手向你向全国向全世界表白

大风的简单不止拂过白沙街道的无限极
名山水庄，草原边城，湿地口岸

劳作的村民真心将你拥抱
横躺的春天最终统统上交给长日照
我的眼前只有你了

2020 年 4 月 28 日

横坑村

土坯建筑群从山脚向高坡呈倒三角形
被窗格锁定的光芒不会虚度

竹竿星空灯像悬挂的珍珠串联了情话
水溪声一直在岱山尖上悦耳

氧气流像狭长的盘山公路接通了阶梯
水库净化着肺泡
我如何腾云驾雾,进行一些攻略

古道抛出映山红被肩扛着的美妙曲线
我支撑着相同的阳光延伸

红豆杉向右终结了竹林剧场的高潮
搭棚是为了我的穹顶向蓝天远大
隐遁黄昏的碎片突然少了

2020 年 5 月 9 日

虞波广场的蓝

天空的任意一个角度的蓝
像布匹被大小不一的建筑和树木突破

苍穹的整体可以这样轻易地被增减
浮云的透彻与空灵一目了然

紫藤花贪婪地享受着枝叶包围的浓郁的绿荫
城市玻璃与耸立的蓝水乳交融

当树叶在举世的目光中交叉着扩大
远近不同的被遮掩的蓝
释怀了红尘黑埃般的疑虑与神秘

背对着树干，不会有温度
晒着社区的太阳，血管与维管束接通
灼热的全程被升高的太阳看护

像园丁初次步入广场四季常青的草坪
被浇灌的，何止纯粹的颜色本身
我发现宽阔的蓝，恰好在鸟鸣

2020 年 5 月 10 日

梅园村

杨梅像璀璨的夜空撒落树枝的星星
闪烁过去，青涩的美丽留存

被太阳猛照在山里边
朱红、紫红的液汁跳跃着火焰
又酸又甜地浸润了舌尖

梅园村，捧向集体的灯光是一个星座
捧向果坛，是中国的杨梅之乡
杨梅仙子，荣耀慈溪横河的山水

像蓝天掀开被子，花儿珍稀了一点点
聚散却一朵朵，我不离不弃地
采摘了这篮六月的云彩，快递给鸿雁

镂空的箩筐被硬撑着背到民宿
梅农般背牢自身的热爱，踏实地扎根

2020 年 6 月 8 日

倡隆的声音

　　我倾听了鸢尾花婀娜多姿的声音
　　像鸟联合鸟的翅膀，鹏程万里

　　梅雨打过，刷新杨梅大年的空气
　　方向盘清除着细碎的水滴

　　依然圆润，雨刮器刮不净车窗的波澜
　　汽车暂停于绿化大道的红灯
　　牵魂的连绵不绝的雨声突然刹住了

　　我恒爱着这一个村的响亮声
　　山围村，村围田，蓝玻璃贴膜的苍翠
　　或者湖泊挡雨的纯洁深处

2020 年 6 月 12 日

下洋浦村公园运动

打哈欠，辗转，海水是否扑灭了迷雾
我可以为洋浦江的浮萍停止脚步
坚持运动，仰卧七塘的蒲公英唯一

拉伸关节，僵硬延展，我是起坐的岸
夏天这个温度，宁愿循环地暗渡

草坪照亮了"朝阳号"渔船的海平面
扬帆，瘦腰的桅杆裹紧退去的潮汐

失而复得，失去了用体重去拼搏的张力
多种渔具映衬着公园的大红小蓝
我得到了被惊涛专宠的这朵浪花

卷入社会，罗盘针对的建设目标清楚
运动姿势是否可以汹涌澎湃
我爱村的方向，力求生态平衡的状态

2020 年 6 月 29 日

福合院散步

我走不出这个村，走了千米又返回
樟新公路连接了另一个村
灯光灿烂高远，向往离开地球

百家私企，工业园区，通达森林公园
穿村而过的中横线超过常见的美好

我想有孤雁的傍晚了，那些遥远的彩霞
匀速，每缕每秒粘住降世的路途
不想离开，在天穹上骑几步马

斜阳下楼了，我发送了背你的表情包
亲亲负重的声音，像秋天的稻浪
需要和感受，都不舍得浪费

别墅群走远了，农园示范蔬菜的时节
蓝色的鸢尾花打算生死恋
眼前是橘黄，契合着大棚幽闭的程度

2020 年 7 月 5 日

万安庄傍晚

太阳公转着余热从万安庄躺下去了
大小十八条河水又温柔了一天

万安龙巡游在村头巷尾，行云布雨
消灾降福，平安闪耀庄园
丰收装满了乡民的米桶

我像高压杆带点正电，走过周庵公路
和七十六家私企的庭院景致

鸟影不会被晒黑，栖息的电线
与高枕无忧的枝杈绘制千丝万缕

一束束粉玫瑰、黄玫瑰般的晚霞闲缓了
我不是亭榭的光芒，光线也不是地平线
这些接踵而至的线条重组辉煌

我熟睡着的公寓，红日曾经袒露心声
暖了又暖明天依然湛蓝的苍穹

2020 年 8 月 3 日

你是我的菩萨

把大海捧为一滴水，恭请到莲花台
平静在你的杯子，可大可小

翻滚的波涛，浮现前世的业障
求索一浪高过一浪的佛号

巨大的忏悔声，光明云一样度化众生
潮水也慈悲为怀，拔轮回苦

你的菩萨，是我的菩萨
我爱你的西方，同属一棵菩提树

紫气腾腾，今生你是我的菩萨
我围绕你，执念于你

2020 年 8 月 16 日

葡萄美人

我登上了，像一个透亮的秋天散步在七塘江
浮萍，狂想着弥漫大海

东南风打马而过四灶浦，无影无踪
葡萄藤像阳光下的初恋，剪不断地蔓延

踏遍千山万水，我的心迹忽如脊梁
像苍穹的云路揳入乡邻的一道文身

这次伸长需要修整，葡萄棚被许配给庄园
相守常有碎瓣，叶缘锯齿飞舞

葡萄花微微地绽放，依然像千朵幽闭的小城
黄绿色的卷须不再逃脱，也不想逃脱

像采收月白，采收两情相悦
圆滑，甜蜜，紫红我肩膀的是葡萄美人

2020 年 8 月 30 日

致花木村友人

我像一块湿地向杭州湾北漂了，除了台风
已经听不见东海的涛声

单骑永久牌自行车，曾经被我找到了
距离北门山五里，不知道河的名字
为了联络友人，夜宿在这陌生的村庄
通达星座，目睹月光女神的青春

如今一片片花木，耕地像森林不是偶然的
滩涂像草原演替，适合重生
骏马不会错踏附海的大好河山，我还记得

播种，想念何处又是友人做好的晚餐
大潮却涌现了营销的春暖花开
关键是追逐中国梦从此美丽起来

2020 年 9 月 6 日

雨丝

绵长的雨丝落入一条河流的冲动
被吸收、充盈，明暗线条近似涟漪

向白墙红瓦倾斜天空的兴奋
传导春天的局部闪电
像我飘着的想念，密密麻麻

我只能够惊恐地聆听雨丝了
花园，雷声蜂拥而入
回味一月一月变幻的倩影

在雨丝中，你绰约地变成雨丝
蒙混这么多天的光明
发现你是我全部淅淅沥沥的梦寐

2020 年 9 月 11 日

回忆马家路的稻田

大风吹过，稻穗像马鬃一样飘动
从肥美的田地到设计为街道的建筑面积
村落替代不了生命的绿色

谷子沉甸甸地闪退，像我缩小的背影
太阳从未在稻浪上长大
所赋予的，是一团升降能量的光芒

大风透明地从脚印上弯腰起来
让树木昂头，各家店铺猛力合奏一会儿

声音从稻根逆行，流满十亩假山池
暴晒埠头的依然是红光和蓝紫光
我的镰刀磨炼不同的黄金

卧倒的，是农民热爱的稻秆
一捆被我抱紧，没有可以生火的锅灶了
等待阳光照射到明年夏天

2020 年 10 月 18 日

大岐山怀恋

绕过花草、树木，是我今夜行动的全部
我的内心留存了一块石头

记得石头凹陷的平原状显得平静
却坚持产生疼痛的棱角
我不怕坐下，所占据的地方不大
粗糙的幸福，不可缺少

身旁芒草的刺尖像被切碎的月光
溪水在沧海与桑田之间流转
树梢、山峰将我这个年龄的白云消磨殆尽

石头倾诉着大岐山惊骇的曲折
曲线上雎鸠的光芒消逝

青松改变不了的绿叶与黄叶僵持着
铺设红绒毯的山坡呼吸着
灯火继续照亮了我安抚村庄的手掌

2020 年 10 月 26 日

神女峰

你耸立山峦，是一块最高的石头
不再俯瞰森林、农田、江河
我的额头有一块骨头，类似石头
接近你的光芒时，黯然失色
你用所有的坚固支撑山峰

距离你一米，却让我奔赴
你瞭望菩萨不眨眼的目光，让我跪伏
我的胸脯是世俗含碳的有机物
请求你的神奇，给我镀金的翅膀

可是，你的双眼不再关注人类
我无法拥入深秋的怀抱
孤独的温暖，也不再崇高
我为什么难以站成你的美丽圣洁

在你对我的爱里，在海岛的古塔边
在近的指尖，在远的天际
我的心是你缠定甲片拨动石头的声音

2020 年 11 月 2 日

海水冲击伟岸最近的一次

大海的边缘可以用乱石沉重地扣住
泥沙、石子从潮汐中轻松地站立
它们从未堆积在一起，却延伸为海塘
对抗着自身不可防御的力量

我坐在一处误把乱石当礁石的地方
像是海水冲击伟岸最近的一次
我松散在栖息候鸟的汹涌澎湃的黑暗里
蓝色风衣裹紧潮水永不停歇的柔软
和内卷着月光的白色波浪

一个人看着大海，像湾里的一滴水融入
突然，我选择机会慢慢睁开眼睛
因为连接行云的海平面不会被践踏

大海究竟深藏着什么
自由泳的哺乳类会不会被赤潮污染

潮水在乱石之间不规则地徘徊
以散文体阅读，以诗歌体越过寒冬

大海随时发出难以意想的惊叹
存在珍宝，存在真实，像过度繁殖的田野
我静坐在这些新生神经的边缘——
从水生到陆生，从未遇见的景点

　　　　　　　　2020 年 11 月 16 日

豁出的波浪

潮水抛到月光难以自弃的海拔
若是弥留，只得消失
或者聚合，可以喷灭我的脸面

空腹的波浪，在闸口深呼吸
在滩涂上被稀释到博大
喂着岸石和长长的芦苇

渔船的灯光跨过浓雾，似彼岸花
海塘被照得一览无遗

细碎的白盐从我的天性中析出
结晶无雌雄分化的硬软

穿越过去的，是一排豁出的波浪
省略了一湾儿潮水
漩涡却豁达在天河，刮乱风云

2020 年 11 月 17 日

海空一日游

我随着湿地发热，呼出的肺气上升为低压
与海洋向上的气流相隔雾云

我选择十一月二十八日抢订星际民宿
海风不再向我掀起波浪

没有门锁，没有座椅
房子孤单，给我孤单
没有地盘，像海水离开漂浮不定的位置
这样入住，可以更专心地热爱大海

波涛一浪压过一浪，越涌越多
高处向前倾倒，摔在海滩
不知道是谁设置了换乘浪花的阻碍

夜晚空气清新，我又会返程
难道我的存在，也是这样的奔腾

2020 年 11 月 28 日

深渊的茉莉白

振动，掀起，向陡斜海岸传递的波
而水并不一定随波前进
大海甚至魔幻卷舌，为了那朵茉莉花
每晚沸腾着月光

一望无垠的波，滚动着晴天的白
和茉莉花一点一滴的白
大海随时转换着苍穹的底色

雾水扑醒沉睡的茉莉花
任何的波遮掩不了朦胧的渔港
鲸鱼潜藏，珊瑚扩张

深渊的茉莉白像波，辽阔为我的喜欢
如果孤寂到对蜿蜒的湾流造成强大的冲击
潮水顿时在我的手掌上涌现

海平面之白跌宕，为了激散茉莉香
我经受的登峰的波被击碎
温馨的花瓣不停地掉落岛屿的优美

2020 年 12 月 20 日

登鸣沙山

左手是旅行袋，右手是遮阳伞
双肩包，云儿上下的梯子
一步登天，我是平衡陡峭的树干

在荒芜的高度静静地坐一会儿
给厮守花期的玫瑰打个电话
我的世界目前是沙漠，无枝可摘

所取所舍，简洁为沙子
淘金的骆驼增加了滚落的风险
爱神的脚步难以企及悬崖

挣扎着，这是我对俗世最后的征服
沙子热如星火，失去支撑杆
幸好没有美女相伴
因为最终也会臆想独自涅槃了却

登顶的飞尘学会了放弃天空的蓝
火烫中下滑，直至我的内心没有了沙漠
和背后至尊的山水

2021 年 7 月 12 日

她是白马神往的中秋月

我等待一位仙子，她的倩影像月亮一样升起
自闭，隐身，纯洁云霄的黑暗

地平线身陷绿叶，大槐树直入银河
畅所欲言的建筑群敞开窗口
我期盼同步的广场，却没有出现

她会飞天，像月光一样去全世界跳舞了
动人得似向日葵转向繁星开花

微信联系不了，独我等待着我的等待
她是白马神往的中秋月

柳腰莲步，她是否与嫦娥同属一宫仙子
我像蒙古包，比草原的张望更加高昂

2021 年 9 月 23 日

夜过玉米地

静闭眼睛，田地的黑暗像灯光一样熄灭
与玉米雌花相惜的雄花日渐高大

没有晚安，圆锥花序不会轻易地睡觉
平原需要河水洗濯安慰

一次，又一次，确定雾夜皎洁的核心
和路途曾经被碾压的疲惫
谁跟着我的所想，超越秋月的步伐

明亮一次就可灿烂一生，习惯被风吹透
在屋檐下留下的糯性籽粒繁殖了

放心吧！先甜睡，其实我一直巡视玉米地
夜空下，茎叶开阔的绿色铺满收成

2021 年 9 月 29 日

透亮的云朵不重不轻

民宿里，一遍又一遍地阅读山的脸庞
大雾茫茫难以抹去，像不愿合拢的旧书

早餐，水果，红茶，古树，天然氧吧
我的眼神从长石凳上消失了
面对空椅子，盘坐不需要逻辑思考

一月又一月，我解析山峰相间的秘密
绿叶的颜色差别太大了
每一片欲盖季相，每一片是枝条旗帜

在溪水里，碎石是文字，积攒山的日子
妹子的倒影一踪，听到清纯的声音

如何对森林的发现大胆释义
我喜欢肩背着太阳花轻巧地翻山越岭
透亮的云朵不重不轻

2021 年 10 月 3 日

等你是我的一种甜蜜生活

与江水说早安之后，我以微笑开启一天
大桥的问候像金盏菊橘黄的一片

被涌进，潮水急湍地欲流掉多余的卡路里
我瘦身，便像公园的梧桐树一样合理

不想跟风去大海的深蓝打卡
我想爬坡，等去实地考察的你

一起建筑一幢设计感极强的山麓民宿
轮廓分明，心房布满一间间新奇

铸铁的壁炉，燃烧你的爱好
夕阳晚点的火焰，岁月几乎上瘾

等你是我的一种甜蜜生活，寂静无声
吃茶想念，一叶脉短，一杯爱长

2021 年 10 月 6 日

初初恋

我进入一个与之前不同的状态了
初恋，还是初初恋——初恋之前

我看着你，像看着急促好听的南风
从看不透的奇迹而来

想怎么样看，就怎么样看
看我的温柔突然降临你的脸庞

像烂漫的樱花绯红了翡翠
你回头的眼神，酥软了天空

我看了一路的心潮
轻轻晚安了整个夜晚

2022 年 2 月 19 日

中秋发我相思

同一个，同一轮，从嫦娥的心里看到了月亮
悬浮着在雾里躲过自己的宫殿
却面对星座唱歌，爱死你了

要听，因为好听，再听，我已忘了
只听声音，只听嗓子响起秋风，只听大河
也忘了这个夜晚，忘了降温

最远的女神让月光抵近，从你的瞭望中
从柔柔的气息中，从你的忘词中
从所致的爱中，从你渴望的图腾中

句句入眼、入心、入未来与你的并肩前行
到中秋发我相思，到月光洒满的山林

如果月亮不如玉，是因为你已如玉
如果感觉不到曼妙，就看冉冉升起的你
像当初看我一样地看你的手、你的脚

雨中月光，如何漫过雪中月光、烛光
最黑的夜，也有你的皎洁、火红

仙境是你，你是仙境
奔向你的手与脚
让我从此俯卧，像趴在你的高楼俯瞰一样
那些全透明，或者半透明的窗口
都是你的粉裙，月亮不会每次守身

有时像你一样暖心，纵横乡镇的花絮
骑车驶向你的城市
这是热爱，不同风格的建筑摸索着你的门庭
今夜我向月亮敞开了黑暗的峰峦

2022 年 9 月 10 日

梦境

隧道，地牢，石柱，裂缝
我被怪人带到门庭之前十米，止步了

转向另一个场景，是宫殿
不去刚才的地狱了，我的宝剑会飞

身体不像抱过的那只小狗
像自己醒来的身体，只是闪亮着盔甲

穿过洞窟，张开双臂
高空会飞的，想象为逃窜的鸟儿
天使依然向莲花、众生冲刺

潮湿，昏暗，水依然是任意方向
渗透着大海，寻找着恶魔

我不害怕恐怖以及被威胁
佛号从灵魂出窍，向死而生

在梦幻中，遇见了我的善根

千万个默念都是我
突然又不是我，通往了自性的窗口

又肯定是我，可以化解我
皈依一缕缕净土的吉祥的阳光

雨曾呼我，风曾喊我
我想听见的是女菩萨，给我晚安

2022 年 9 月 15 日

抗台

一万个金嗓子，哪个纬度、经度
狂飙袭击我的渔舟，以风以雨

苍穹的鹰统领着海洋的无数个漩涡
跨过了波浪，我听到扫叶的秋风

柔软地去毁灭，冲对岸的堤暴乱
一万次又让河流顿然滚滚

我却爱过蓝水的声音，这么安静
像爱过一阵台风，水泛滥了

陆地不会困着彼岸，秒回安慰
尽管我在虚无缥缈的大海里可有可无

以无影无踪，以目睹的荒岛
以没有道路的道路
以从此下坡的每一个波浪

我带回卷起最高的雨

这群不再害羞于芦苇花的大浪

我只能以纯真、温柔的沙袋去抵制
点燃善良，沿塘加固每一个缺口

2022 年 9 月 15 日

晚晚白月光

轻巧的十指在甲片上绽开月光
这次在雾夜，习惯了东升

我安排了像中秋月一样的座位
月光离我越来越近，越来越真

月光被弹拨得醉倒
好让我有足够的沉默，俯身去看

秋风吹过红烛、河流、青春
真的温柔，一出声就波澜轻扬

本性如水，跌宕了琴弦
我陪伴着月光的点点倩影

嫁给我，实现不了的都是梦想
让长满草的音乐嫁给我——
单人大床晚晚的白月光

2022 年 9 月 16 日

星星

我想你了，咀嚼着碎银状的星星
美好的心情接收在哪儿了

在耳朵旁、脖子边、圆肚上
在像谷子一样堆起了夜晚的身体

在金秋弯弯曲曲的胃肠
在折过花香的茎秆

在消化淡淡相思的脑海
在暖暖地再次想你了的心

以及满天感伤的闪烁之眼
和未来长满道路的所有部位

2022 年 10 月 27 日

茶香飘在今晚

三天的行程，从景德镇筛选出来的茶杯
放在暗淡的窗台
茶壶内一撮嫩绿的龙井茶叶
用我一生所遇见的兰花香气
飘动今晚的等待

忙碌一天的光芒投奔绛红的夕阳
霞光涂抹着浮动的茶叶
我会不会拈断渔舟叠加森林的安详
以杯玻璃为凸透镜
我的影像聚焦于对岸寂寞的山峦

我还是喜欢看近处可以明亮的明亮
灯光一点一点放在茶杯
茶壶像灯泡被白色的空洞
充斥，温度依然不变

核桃，橙子，葵花子，一碟光被三切开
在天上的天下留守着明星
我端起从高楼沉向富春江波的茶水

2023 年 3 月 1 日

杜湖之恋

一、读出对你的好

斜阳像长空的金镶玉吊坠，瑰丽的光芒铺向山肩，不管自己的下落，在我的食指与拇指扣住的圆圈内辉煌。

离山麓不远了，杜湖的浅水层捧起滩地的光芒，望湖楼的屋檐像一段绚烂的山脊。

我顺着湖畔碎裂的声音，揉搓着诗句，读出对晚霞的好，读出对你的好。

特意攀登顶峰清静地瞭望，山高岸长，从没见过不可逾越的鸿沟，只有跨不过去的峡谷，我的内心已经是你的了。

2019 年 6 月 4 日

二、鸣鹤的女王

树干迈不开的脚步，被微风撩动着，柳枝向往着与母体分开，因为根系的驻扎，它们走不远，只向周围挪移了半步。

空气盈盈欲笑，相同的风力，不同的水波，牵制着千姿百态。

深爱的目光比湖底的卵石还要隐蔽，随着堤坝渐宽渐窄，我的观察收紧了。白云带着梵音，山溪带着花絮，当你的灵犀被触碰之时，却溢出满满的感动。

你的清纯之美，毫无条件的圆满之美，你是我的美，古镇怀抱着杜湖的美，我怀抱着你的美，你是鸣鹤的女王。

2019 年 6 月 5 日

三、以花为床

我喜欢你的声音，这次是在脚尖，我想象你轻点杜湖的声音，像在喉咙里沉默下去，向心脏靠近一步。

衣裙像叶片，是属于湖心的波浪。舞动，晃荡，水声衍射四方，像精神的澎湃路口，打破现实的归处。

月亮悬挂着一个圆缺的自我，你像月光般纯洁无瑕地出现了，倾泻着柳枝的阴晴，柔软无骨。

常人以眼睛欣赏，诗人以灵魂欣赏，我把你当作美体欣赏，你是灵动的自然，收起水中央的情绪，以花为床。

此生的舞步，细腻得如在眼前，你在我的孤独里，懒洋洋的，偶尔你追我赶。

2019 年 6 月 6 日

四、只需要几个美丽的文字

杜湖穿着白亮亮的真丝睡衣，没有路灯也看得见，因为心看得见。不在于编织的新旧，而是我能否回眸。当迷雾退去，旧的是抹不去的回忆，是凝结了的过程。

湖水荡漾一次，就快乐一次，像桃花更新一次，就迷醉一次，我只知道被你主宰着，幸福从此而来。

黄昏的天穹被云儿打开，帆船摇晃着，多少青色的、绿色的叶子和谐在湖泊里，我的闲步超过春天的预期。

我的脑海中经常会浮现出这两个字——爱你！明晃晃地也对自己说：活得真实一点，对自己好一点，也是爱自己。而你只需要几个美丽的文字，仿佛花圃中翩翩起舞的蝴蝶。

2019 年 6 月 7 日

五、你的简单改变了我

我不妄猜杜湖的深度了，习惯使用青瓷残片去挖掘，去发现，柔波自由地漫延着。

我以为深渊之中动荡的，才具有魅力，以为柳枝的缝隙，是为了相见而相见，是为了疾驰而疾驰。

大气给不了压力，湖光月色瞬间交错，你的简单改变了我，你是我的山水，让我卷入纯洁的波澜。

除你这个核心之外，我不再关注其他事物了。你温婉地荡漾着，我从侧面看着你，你被柳叶遮挡的亮丽令人惊愕不已。

当内外湖的大岙口出现你的倩影，我完全看到了一道飘曳在天际的美坝。

2019 年 6 月 8 日

六、距离保护着你的美丽

杜湖被柳枝纵切着，细分着。距离保护着你的美丽，逶迤的崇山峻岭群聊着怎么样喜欢你。

我探寻着，马鞭草孤零零的花苞像风铃，白色湖水摇晃着对紫色的渴望。

我发自肺腑地在花海里叫喊你，当行人听见，我已经转身了，我利用时间差面对你，你是我一夜的等待。

2019 年 6 月 10 日

七、漫过杜湖

从宽叶上，我观察节气，余下的步子滞留在湖畔。我不是树，想入水，就入水。

波澜，惊动了鸟翼之间的一场小雪，卑微的杂草向往着净水。

拼粘，揣摩，可是碎瓷怎么也找不到。我的眼火，狂飙一样袭击湖心，扇状鱼鳞像莲花瓷纹，沉吟圆盘。

碎瓷，像根系不会外露，只能挖掘那残缺尖利的深入岸的本能，我漫过千淬百炼的杜湖。

2019 年 1 月 23 日

八、你的满意是我的人生

杜湖透彻了全部，你的美貌飞临，这是对我最大的真诚。

灯盏是点缀，被早关晚闭都是寂寞的，窗帘决心告别黑暗，我悄然回归室内的明亮。

值得我写，专为你写，你就是诗模，你就是杜湖。相机一秒钟的闪动，眨眼远远不止一秒，我爱你的每一步绿荫和冥冥之中相遇的每一棵树。

你却没有到来，我说过的话只能留给湖水了。夜莺歌唱着，湖面平静地升高，我却不能轻抚你的阳台和古筝。

杜湖的东岸专心读你，西岸为你所懂，你的满意是我的人生。

2019 年 6 月 13 日

九、你是我永久所愿

杜湖像放大的手机屏，爱像纯净水，雾霾顿落，你流连晚安般的甜言蜜语。表观的，沉降的，让大坝蒙混为浮桥。

湖水向我透明，我向你透明，你奔波而来，是我永久所愿。

我不用行走，你的视频袭来，你给予村庄的，一直是甘甜的生活饮水。

碧野表达庄稼，我表达你。杜湖是山峰的情侣，有了爱的人，就有了真情实感。

魅力在于拓扑，满足过我的艺术依然存在，我不仅仅每天执着于经筒，一圈顺时，一圈逆时，爱你有一定的古镇烟火味。

2019 年 6 月 15 日

十、望湖楼等你

通往梦想的路径被填成圆弧形，紫藤弓着，山峰凝望了你一眼，时间积累于树皮的白。

茎叶舒卷，不再延续未完成事件。

曲线的幻想是圆，当你追随着我来了，结果形成最美的圆弧。复杂的是迷失在山林之后的体验，究竟达到何种愉悦，不能预测。

我选好一棵柳树，边抱紧，边推开，多少回与之前的你同步，寻找脚印，或者失踪在神秘的夜色。

我不想浪费时间了，宁可在望湖楼等你，就这样喜欢遮蔽在一棵柳树下，拐弯到另一棵柳树下，对望着它们回忆，像捏着一帘紫藤梦。

2019 年 6 月 21 日

赞美日记

爱着伤痕的夜，离我的眼最远。

2022 年 4 月 2 日

美丽是一道不添加味精的佳肴。

2022 年 4 月 3 日

因为习惯你了，就上瘾了。

2022 年 4 月 4 日

浪漫在手，在心，在你的手如何指向我的心的沙滩。

2022 年 4 月 5 日

我望见的江水，向你的高楼发光。

2022 年 4 月 6 日

你的声音是香的，陪伴着夜，跟这声音晚安了。

2022 年 4 月 7 日

美丽捧在我的手里，更加美丽。

2022 年 4 月 8 日

浮起的温柔，不是一个个七彩的水泡泡。

2022 年 4 月 8 日

美从手到眼，再到心里，更长。

2022 年 4 月 8 日

浪漫和倩影，随手焐热。

2022 年 4 月 8 日

拨动心弦的，漂亮。

2022 年 4 月 9 日

请带上我，美不胜收。

2022 年 4 月 10 日

你看山水，我看你，你是我的山水，美景尽收眼底。

2022 年 4 月 10 日

煮茶之后，温柔沉浮。

2022 年 4 月 10 日

端起一杯红茶，晚霞献来美丽和关爱。

2022 年 4 月 13 日

望见了春天和美丽的自己。

2022 年 4 月 18 日

你的美丽像金表一样闪亮，是我存在的理由。

2022 年 4 月 18 日

一把旧伞撑开了使用过的美丽。

2022 年 4 月 19 日

一树美枝是鸟翼表演的舞台。

2022 年 4 月 20 日

将远望过的熟悉，亲吻在柔软的呼吸里，有情人不一定
离自己的琴声最近。

2022 年 4 月 22 日

温暖和优雅像民宿凌空于古镇的角落。

2022 年 4 月 22 日

因为看过你，心池就甘了。

2022 年 4 月 24 日

不给我的，是因为前世给了。

2022 年 4 月 25 日

挡雨的手将雨水一起牵走。

2022 年 4 月 25 日

美丽和成熟，波澜不惊。

2022 年 4 月 26 日

轻柔丝滑，这样的家居服，睡下，梦里就没有压力了。

2022 年 4 月 26 日

远望的美景，尽收在身后清澈的池水。

2022 年 4 月 26 日

红衣一卷如春风，好想从背后追回沙滩上飘起的美丽。

2022 年 4 月 28 日

本是玫瑰花，和春天一起献上。

2022 年 4 月 30 日

白发掩盖不了还在外溢的芳华。

2022 年 5 月 8 日

爱是十一点多。

2022 年 5 月 8 日

美丽就是忘我，记你，爱一次。

2022 年 5 月 23 日

漂亮不仅仅在嘴唇，聪明不仅仅在眼睛，何时能再举杯邀明月？

2022 年 5 月 24 日

把青春的浪漫留给前方捕捉不到的最美的风。

2022 年 6 月 4 日

曼妙，衣裙像飞舞的美味。

2022 年 7 月 21 日

清纯远方的凝望，漂亮沉默在脸颊。

2022 年 7 月 30 日

等着花朵的孤独，美丽绽放。

2022 年 8 月 2 日

倾听有雨的眼泪，颤抖秋思的纯美。

2022 年 8 月 2 日

芦花飘过，绝美从台阶慢慢地走下来。

2022 年 8 月 3 日

云朵转瞬即逝，飘过一种美貌。

2022 年 8 月 10 日

收获了不曾想过的美好，人，爱，包容与善良，还有智慧的馈赠。

2022 年 8 月 18 日

直接是最大的自由。

2022 年 8 月 23 日

此刻，我的世界加上你的世界等于全世界。

2022 年 9 月 2 日

听时失眠了，听完却不失眠了，因为不再是一个人的夜
晚了。

2022 年 9 月 4 日

不用给，是最好的给。一无所有，是最好的拥有。万里
有云，本源晴空。

2022 年 9 月 7 日

不善不恶，果在那儿。

2022 年 9 月 23 日

绵羊背着白云飞天，草生长最后的道路和我对远方的未知。

2022 年 10 月 1 日

远望，因为心里还有希望。

2022 年 10 月 3 日

想风了，听风的声音，和着旋律慢慢把自己唱成仙子。

2022 年 10 月 7 日

每一记声音像一筷子小菜，在吃声音，风落指尖的声音。

2022 年 10 月 27 日

双手把温柔和漂亮拉成了一条遥远的视线。

2022 年 11 月 15 日

风认得风一样的温柔。

2022 年 11 月 18 日

听着无边的歌声，去睡夕阳红。

2022 年 11 月 20 日

美丽淹没我的眼神，我还是看得见。

2022 年 12 月 2 日

天生喜欢，心生爱怜，温柔了自己。

2022 年 12 月 21 日

喜欢自由自在、散乱、恣意妄为之美。

2022 年 12 月 21 日

因美需要，我轻点神经，按摩压力。

2023 年 1 月 3 日

休息时，让所有的废话转变为学习的语言。

2023 年 1 月 11 日

为学而生，为生而学。

2023 年 1 月 11 日

失误是最美的潜力。

2023 年 1 月 11 日

打坐在凌晨的黑暗里，和东方的审美越来越亲近。

2023 年 1 月 24 日

那种美丽想藏，藏不住；想挟，挟不住。

2023 年 2 月 5 日

赤脚踩着沙子，全力爬上沙丘，荒凉之美，一脸惊讶。

2023 年 2 月 18 日

熬得越久越香醇，这个距离，就是思念想要的距离。

2023 年 3 月 3 日

木板铺成小桥，夕阳每天移一步美丽的影子。

2023 年 3 月 9 日

爱美的心博大，足够装满天下。

2023 年 3 月 14 日

这是涂抹春天的区域，附近还有瓣瓣桃花红。

2023 年 3 月 20 日

轻风吹落，美到窄小，落叶却在草地上宽敞起来。

2023 年 3 月 27 日

月暗光稀，美得膨胀，欲望腾云驾雾。

2023 年 3 月 31 日

美是花，是花粉，是花粉蛋白，是最后的真。

2023 年 4 月 1 日

雾霾云海，审美像发动机，驱动了就停不下。

2023 年 4 月 3 日

美是行动，从原来平常的生活中抽离，存在思想的最高
位置。

2023 年 4 月 4 日

空降波澜，美是催化剂，晚霞还原着对一条大江的想象。

2023 年 4 月 6 日

热爱生命，才有生命；热爱美丽，才有艺术。

2023 年 4 月 7 日

后 记

诗歌是照见自己的经典

我去寻找自己的眼。《过甘肃梯田》："土地越来越薄，唯一的希望是长出土豆 // 这是我想抵达的地方 / 像眼睛热爱着的土地 / 被捏碎在手里，种子依然会萌芽。"土地不在于贫瘠，在于还能孕育，诗歌是陌生之眼，是热爱之眼，是可以遇见的自己的眼。

我去寻找自己的眼光。《更远的远方是南迦巴瓦峰》："常说到达了的仅是眼光而已 / 更远的远方是南迦巴瓦峰 // 选择唯美的目标 / 不能抵达是一种现实 / 除非连内心也不存在的那些冰雪。"没有光线，就没有视觉。作为个体，也许永远到达不了诗歌的山峰，如果到达山峰的，到达诗歌的，只是一种眼光。

我去看见自己的看见。《纳木错星空》："我看到你背后的星空，你看到我背后的星空 // 过尽黑暗，拥抱在一起，才是整个星空 / 大小，左右，明暗，远近 / 这样的分别，是因为你闪烁在念青唐古拉山的夜空。"星空各半又同有，你——我的世界，我的眼见。"晶莹璀璨，当我眼见属于自己的那一颗 / 为什么继续盯着会迷失于你背后浩瀚的星际。"也许根本就不存在拥有的世界，不存在属于哪一颗诗歌之星，但是诗歌依然和我的星座拥抱。

《赞美日记》："一无所有，是最好的拥有。万里有云，本源晴空。"西藏之行，我去寻找的诗歌是什么？却寻到了自己的辽阔眼界和本源晴空。

《高原蓝》："云朵的蓝，捧在手心是留不住的／用收集的高原蓝喂养尼洋河。"蓝，在我来之前已蓝，现在又蓝，但是两种蓝是不同的。这么深爱着的蓝，本质却瞬息万变，蓝拥有空无，此时我做什么？我眼见沿途巨大的高原蓝，臆想让尼洋河成为圣女之子，永久流荡着蓝。这也是诗歌蓝，更是一种自己理想的颜色，诗歌高原同样来自空无。

人用眼看物，眼只是媒介，是用心看。就像人坐在屋内通过窗看屋外之物，把窗比作眼、室内之人比作心，窗不能看，人能看，眼不能看，心才能看，所以才把眼睛叫作"心灵之窗"。

《白云》："升空了，才能浮现千里的白莲花／你只穿透明装，内在真空／让我外观晴朗的天气／／没有彩云可以和你匹配／纯洁无瑕之余／你依然是我抬头看到的被真丝包裹的样子／拨开迷雾的魔力不变。"白云是飞机窗外之物，真空才能纯洁，彩云不能与之匹配。只有用本心去看，才能看清外在。诗歌也是一种外在，外在是内心的投影，或是幻象，用心去看才能拨开诗歌的迷雾。

我去寻找自己的嗅觉。《古典舞》："撩掌的影子疯长成草，铺到坡顶，铺下去／又铺上对面的高坡，我辽阔起来。"青草味是细胞液内挥发性组分的气味，泥土味是放线菌的代谢产物。"草原是你，每根草都是你／兰花掌撒出蒙古包上翘翘的旷野／／唯一的坡度，永久的命题，中心是你／我的虎口接受斜阳的盛大和耀眼。"影子疯长是虚无，想象为草成真实。此时我其实已经嗅到你——诗歌的舞蹈，从时间轴的上下以及对岸的高坡都可以闻到诗歌的气息，经受草原气味的诱导，诗歌是自己气质的古典舞。

我去寻找自己的情意。从哈尔滨的《遇见》："桃花托运在连衣裙上被你带到了七月／大风穿透我的深情。"经过海拉尔的《伊敏河边》："你的手臂是我最关心的草原弯曲／从江南潜伏到海拉尔的伊敏河／不可能一下子牵手。"到呼伦贝尔大草原的《呼伦湖》："你卷起北方几千公里之内柔美的波浪／从东向西，在长方形里。"

从满洲里到186彩带河、黑山头蒙古包，丘陵高坡吹给我的水都是景点，经过室韦小镇的《临江之南》："额尔古纳河和马队在我的身旁／这是黄色的雪菊不能再北的江山／我似火焰兰被你的右手攥紧。"到北红村的《黏》："从未想黏，是凸凹脑皮质的宽阔无际／触发了苍穹背后的尘埃之苦。"

我沿着湖泊、江河、草原，一路向北到白桦林、蒙古包、小木屋，再到《北极村同行》："张开双臂，翱翔七星山，谁是我的大雁／北极村朝晖的缺陷部分被涌满。"我找到了极冷点，也找到了最北，遇见了你——诗歌的国度、空的心境，一旦确定了脉络，缘起而生，无景合成有景，去抒写意识的深情。诗歌是一种情感自我，没有实在的自体。本性为空，才能自由，诗歌是自己自在的情意遇见。

我去寻找自己的声音。富春江边的《跌落了爱的声音》："白茶冲泡桂花，芬芳煮沸已久／只有我懂得千步之后的秋叶飘零／因为跌落了爱的声音。"钱塘江畔的《中秋发我相思》："要听，因为好听，再听，我已忘了／只听声音，只听嗓子响起秋风，只听大河。"杭州湾区的《赞美日记》:"想风了,听风的声音,和着旋律慢慢把自己唱成仙子。"

声音是一种由物体振动所产生的波造成的听觉印象,接近声气。有声有色,声色是一种色,形成声色之前是空,形成之后,空即是色,穿透空气。如果选择在同一个时空去倾听,已经听不到了,因为已经传播出去了。本来就不能眼见的事物,又不存在了,色即是空,色与空交替演进,你——声音仙子,使我产生听觉的振动,诗歌是自己振动自然的声音。

我去寻找自己的味觉。慈溪乡村的《葡萄美人》:"圆滑,甜蜜,紫红我肩膀的是葡萄美人。"最美县城的《一岁的早安》:"江水笑我的独步、红楼、桃花 / 给你的早安鲜艳着 / 你是我的唯一唯美的爱了。"慢生活古镇的《情人节》:"餐桌孤单单的,坐满我一个人的雪 / 十八度的雪花啤酒、碗筷、竹签都专供给雪。"

被广泛接受的基本味道有五种,包括苦、咸、酸、甜以及辣味。舌尖对甜最敏感,舌根对苦最敏感,所以先甜后苦,但更容易被觉察的是你——诗歌的味道,是唯一唯美之爱味,甜蜜又新鲜,但是一切有为法,如梦幻泡影,在情人节的餐桌上,仅仅坐满我一个人的雪。雪和冰类似,白色无味,是水在高空中凝结再落下的自然现象,诗歌是自己的真性从天而降。

我去寻找自己的触觉。浙江绍兴的《鉴湖古纤道》:"我选择了宫廷屋檐式的牵拉,一只手 / 往另一只手里栽种了大槐树。"云南玉龙雪山的《喊雪》:"像喊月光,沾在你臀部的尴尬的雪 / 坐下冰封已久的洁白。"甘肃敦煌的《登鸣沙山》:"挣扎着,这是我对俗世最后的征服 / 沙子热如星火,失去支撑杆。"

触觉是最大的感觉系统,凡所熟知的感觉都属于触觉的一部分，手掌像土壤，在自己的温暖里长出了大槐树，在神秘的湖边葱郁。但是当触觉丧失或减退，我沾着雪的洁白，对着月光大喊一个人的挣扎。这时出现了你——诗歌的真性，本觉本明之真心，就像雪花从何而来又往何而去，因为它本身就不存在法相，缘聚缘散纯属空性。宇宙自性本来就是空性。诗歌是对自己本真之性的洁白触感。

我去诗歌中去寻找自己的感觉。眼、鼻、舌、耳、身、意，这是六根，由此产生的混沌是六尘，之所以能够清楚地表达是依靠六识，六尘助力六根产生六识，能有效觉醒的肯定少之又少。平常有人喜欢称之为觉悟，因为感官障碍客观存在。我不知道什么是诗歌创作的方法，不知道什么是修辞，因为修辞是一种法门，最高境界的诗歌创作是没有方法的。因此我坚持原创，坚持寻找，坚持判断，坚持去融会贯通，坚持用文字记录心灵。把这些能够抒写的部分权当存在，尽力用六根去察觉，用六尘去探索，用六识去发现。

我更喜欢于不存在中去思索新的存在，与时俱进。因为独特，就会孤单；因为无明，也许别人不懂，但是以后可能会懂。我努力先弄懂自己，这样才能让别人去懂。正如《杜湖之恋》："湖水向我透明，我向你透明，你奔波而来，是我永久所愿。"真知灼见是否可度一切苦厄？"杜湖的东岸专心读你，西岸为你所懂，你的满意是我的人生。"你——我的满意。诗歌是否能受智慧驱动，直达宇宙真相的彼岸，即本真，明心见性？诗歌是照见自己真性的心灵经典。

2023 年 4 月 16 日

第四届"池幼章·杜湖文学奖"获奖感言

云朵悬浮于潮水，这是我抬头要去打开的天界。我以为这些就是云朵，后来才知道和它们一起飘忽着的是诗句，每一朵每一篇，一排排一行行。

我的句子是寂寞的。当我翻开《杜湖》2017年第一期《伤疤是绽开的玫瑰》，阅读前一页与后一页句子之间的彼此拥抱，曾经在黑暗世界维持着一种无声的热度。由于池幼章先生的到来，句子掀动了山水。在现场，您是我此刻寂寞的光辉。

今天我的诗句因荣获第四届"池幼章·杜湖文学奖"而跨出一步，像枝条支撑大树上行，杜湖的清水，由树木从根系吸入，穿透木质悄悄蒸腾。我想喝的水分去了碧空，诗句却穿透了我的骨髓。

就让湖水流入我的胳膊，捧起《杜湖》杂志，让我怀揣着的文本卷起激情的水沫。

海塘因为迭起的潮声不再寂寞了，不管诗潮远近，缓缓地守望着浩大的水势，诗句的暗流涌动着。

如今我的生活不是依靠大海了，而是《杜湖》杂志之水。纯水晃荡过了一片田野，打开水龙头，喷水声是我苏醒过来倾听到的第一次心跳，鸟儿的鸣叫随遇而安，迷雾潜伏在空气里，诗歌只能让我听见而看不见。

　　创作着生活，生活着创作；消失的生活，生活在组诗里。谢谢第四届"池幼章·杜湖文学奖"组委会，谢谢读者们的鼓励！

2019 年 5 月 24 日